先锋

百年工人诗歌

霍俊明 编

1921—2021

中国工人出版社

工人诗歌：在崭新经验中淬炼

◎ 霍俊明

一百年来，从水力和蒸汽机的机械工业化、电力驱动的大规模生产到电子计算机参与的自动化以及基于信息技术系统的智能化，中国的工业革命以及社会主义现代化建设取得了日新月异的变化和伟大成就。

尤其是新世纪以来，在大国重器、量子科技、大数据、人工智能、云计算、物流枢纽、快递服务、数字经济、媒介革命等领域的新发展更是令全世界瞩目。而与此相应，新的时代发展使得诗人的社会身份、现实经验以及写作经验都要时时予以更新。诗歌这个文学系统是开放的也是更新迭代的，甚至是不断加速运转的。

如果从历史、现实和未来的综合视野来考量一百年来的工人诗歌，我们就会注意到在不同的历史时期和发展阶段，产业工人的生存、命运、心理结构、社会地位以及相应的诗歌创作的主题、情感、思想、伦理和旨趣都有着巨大的差别。而不同时期工业所要解决的问题以及工人所面临的境遇显然不同，尤其是新世纪以来，在新工业加速发展的过程中涌现了大批的产业工人以及有代表性的诗歌作品，而工人的社会境遇和工人诗歌的丰富性和崭新的经验亟须从出版、研究和传播的各个领域予以观照和总结。但是到目前为止，国内还没有与此相关的百年视野下的工人诗歌选本问世。为了弥补这一空白，为了庆祝中国共产党成立一百周年，中国工人出版社此次策划、编选和出版《先锋：百年工人诗歌》无疑具有重要的现实意义和诗学价值。

概言之，《先锋：百年工人诗歌》是迄今为止国内第一部百年视野下的专题性的工人诗歌选本，带有时代性、当代性、历史性和档案性的综合价值，也必将产生广泛而深远的社会影响。

之所以强调工人诗歌与先锋的关系，其原因在于工人无论是在社会运动还是工业革命中都起到了先锋性的作用，而不同时期相应的诗歌文本也往往在社会重大节点和诗歌范式的转换过程中具备了文化和诗学层面的先锋品质。

这是一部百年工人诗歌的编年史和档案记录。

本诗选按照历史进程和时序分为四个小辑：第一辑（1921—1948）、第二辑（1949—1977）、第三辑（1978—2011）、第四辑（2012—2021）。

第一辑是关于民族革命、工人运动的诗歌以及歌谣。需要说明的是，第一辑前面的三首诗写作于1918-1920年，正值“新文化运动”如火如荼之际。在此期间，工人、工业题材开始与诗歌这一艺术形式结合，中国工人诗歌诞生的前奏已经拉响，萌芽正准备破土而出。第二辑是新中国成立后反映社会主义工业建设、边疆开发和大生产的赞歌；第三辑是改革开放背景下反映工业巨变、国企转型过程中工人命运，以及新世纪以来打工诗歌热潮、“新移民写作”的作品；第四辑是反映新时代科技革命、新工业迭代升级和新兴产业工人新面貌以及未来发展图景的代表性作品。

本诗选收录了自1918年以来一百年间包括胡适、刘半农、郭沫若、殷夫、蒲风、何其芳、冯至、卞之琳、闻捷、李季、郭小川、唐祈、公刘、傅仇、邵燕祥、李瑛、黄声孝、李学鳌、孙友田、李清联、昌耀、张学梦、叶延滨、舒婷、顾城、梁小斌、张新泉、傅天琳、陈超、陈亚平、曲有源、李小雨、西川、欧阳江河、于坚、陈先发、雷平阳、杨克、向以鲜、王小龙、蓝蓝、张执浩、邱华栋、伊甸、巴音博罗、庞培、江一郎、谷禾、蒋立波、东篱、李木马、凸凹、郑小琼、谢湘南、许立志、老井、姜涛、郤筐、广子、扎西才让、刘年、王单单、张二棍等一百多位诗人的代表性作品，也包括一些流传广泛、影响巨大的工人歌曲（包括歌谣），比如《纱厂女工》（1924）、《工人歌》（1924）、《救国十二月花名》（1925）、《新大鼓》（1925）、《敢把皇帝拉下马》（1927）、《码头工人歌》（1934）、《咱们工人有力量》（1947）、《我为祖国献石油》（1964）等。

本诗选的主体部分是具有工人身份的诗人，也收录了一些尽管不是工人身份但是写出了与工人生活和工业题材相关的具有代表性的重要作品，比如欧阳江河于1987年参加第七届“青春诗会”期间完成的《玻璃工厂》。这首诗是欧阳江河的代表作，也是那个年代处理工业和“物”题材的成功典范，“1987年，《诗刊》组织青年诗会，要求我们每人写一首有关玻璃工厂的诗。我本来也不打算写的，因为同去的一个女诗人白血病犯了大家轮流去医院守护她。第一次就是我和王家新值班，我和王家新必须有个人永远醒着，所以一直聊到凌晨3点钟，王家新说他撑不住了，要躺一会儿。我说你有纸吗？王家新只有个烟纸盒，我那首80多行的《玻璃工厂》就是写在这个烟纸盒上的，后来几乎一字没改。这是一首写物的诗，中国古代诗歌缺少处理物质的能力，所以我刻意想把物的特点变成语言的特点。语言的革命是我们 80 年代诗人的一个重要的课题”[1]。正是这些不同身份的诗人诗歌创作完整而立体地展现了一百年来工人身份的巨变以及工业诗歌题材写作的历史进程。

很多诗人在不同时期对自己的诗歌进行过程度不同的修改。为了增强选本的专业性和权威性，本次收录的诗歌尽量以第一次公开发表在《新青年》《新潮》《创造周刊》《热血日报》《北京日报》《诗刊》《人民文学》等报刊上的版本为主，以最大限度地体现诗作的历史背景和文本原貌。

从题材、伦理和主题学的角度进入百年工人诗歌，我们会发现不同历史时期和重要节点中的诗歌所涉及的题材、主题以及情感、经验、伦理的向度是有很大差别的，而这正是来自时代环境和社会文化的巨大影响，也与诗人的人格、个体主体性、诗歌观念和写作实践的变化、发展有关。由此，值得说明的是昌耀的写作。昌耀在 20 世纪 50 年代和 80 年代都曾集中创作过关于工业和工人题材的诗作，它们不仅具有代表性而且还体现了不同历史时期同一题材诗歌在技艺、语言和思想、情感上的差异性，所以此次将昌耀这两个阶段的诗分别收录在了第二辑和第三辑当中。

围绕着百年工人诗歌，我们会经由工人、工厂、机器、生产线、工业园区、城市、郊区、城乡接合部、农村、交通网络、电子屏幕等看到极其庞大而复杂多变的社会场域以及新工业和全球制造业在不同时期的发展和变化的时代景观及其所折射出的复杂的现代性经验、工业文明和后工业文化心理的嬗变。

显而易见，科技和新媒介对工人题材诗歌的参与是有目共睹的。

---

1 欧阳江河：《八十年代像场天花》，《新京报》，2006 年 2 月 24 日。

如今人工智能的发展也使得包括诗歌在内的文学生产发生了巨大变化，新经验及其携带的信息量也越来越大，尽管让·鲍德里亚曾指认机器人只是一个“纯粹的小玩意领域”。不管你是否接受或意识到，诗歌与媒体的互动以及生态新变是前所未有的，拟像、代码语言、物化社会以及奇点时代已经到来！现实也越来越具有科幻感！

具有惊奇效果的科技自动化和人工智能逻辑正在改变人与环境、人与人以及人与机器之间的固有关系，甚至技术革命已然成为新世界的主导精神和宏大叙事。由此，诗人必须具有强大消化的能力来处理当代的新题材、新主题和新经验。杨克面对新工业景观就深入思考了诗人处理“时代”的问题，“进入‘云端的世界’，未来终将提前到来。《在华强北想象未来》，我之于深圳，就应该像庞德之于巴黎，快速发展的高科技新工业，让我们渐渐进入了‘非常态’‘非常规’‘非常识’的领域，新时代交给诗歌的任务，不仅仅是反映，还要反思，反思工业化、信息化、智能化所挟带的‘大工业的流水线的生产方式，复制、3D 打印的同一性’，而诗人的使命只能‘扛起重型装备、电梯、机床、核电反应堆堆芯，扛起燃气轮、水轮机、联合循环机组，扛起风电旋转叶片、电站环保设施，来组装一颗超级大城市的心’，以此换取一颗面对工业机械性的有温度、有态度的诗心”[1]。

真正的诗歌，无论其处理的是什么题材和主题，那些能够一次次打动读者甚至能够穿越时代抵达未来的作品，往往让我们在人类精神共时体和命运共同体的意义上看到人性、命运以及大时代的斑驳光影、炫目奇观和复杂内里、真实面貌。当读到杨献平关于环卫工人与自己“父亲”的精神对位的文字时，我不能不为之动容，因

1 杨克：《新工业时代的诗歌维度就是未来已来》，《诗刊》，2021 年第 1 期。

为这正是命运的共通素质以及人与人之间精神内里的深层观照和彼此洞开，“有一次，我下了地铁，从天益街往益州大道边上走，忽然看到一个佝偻着腰杆，穿着一身清洁夫工装的人，蹬着三轮车，很艰难地移动。我无意中看了一眼，忽然看到了自己的父亲。——确实太像了，那位环卫工人的侧脸，和我于2009年去世的父亲严重雷同。我一阵激动，下意识地紧跑几步，到近前，看着那位和我父亲年纪相仿的老人，含在舌尖上的‘爹’差点脱口而出。尽管我很沮丧，但也欣慰。其实，这大地上悲苦的人，都是我们的父亲。看着那位环卫工人，我笑了笑，伸出手，在他装垃圾的三轮车后面使劲推了一把，算是帮他一下。他回头看看我，笑了一下。低头再上公交车，我的眼泪怎么也忍不住”[1]。

回溯百年历史，工人诗歌在斗争的火焰中诞生、淬炼，在建设的大潮中启航、扬帆，他们通过或火热或深沉的诗行诉说着历史，讴歌着一代代令人感佩的英雄。灿烂、丰实的百年工人诗歌和时代建立了血肉和灵魂关联，它们真切地反映个体命运的激荡和整体时代境遇的转折，它们从诗歌内部机制出发重新激活了语言和技艺。百年工人诗歌的优良传统在新时代得到了更好的继承和发扬，我们有理由期待，下一个百年，工人诗歌将会更加丰硕、多样。正如伟大诗人布罗茨基所言：“诗歌是对人类记忆的表达。”

2021年4月28日改于北京

---

1 杨献平：《写诗或者诗歌：“无物之极物”“无形之大形”》，《红岩》，2021年第2期。

目 录

第二辑（1949—1977）

第三辑（1978—2011）

第四辑（2012—2021）

1921

第一辑

1948

人力车夫

胡　适

“车子！车子！”
车来如飞。
客看车夫，忽然心中酸悲。
客问车夫：“今年几岁？拉车拉了多少时？”
车夫答客：“今年十六，拉过三年车了，你老别多疑。”
客告车夫：“你年纪太小，我不能坐你车，我坐你车，我心中惨凄。”
车夫告客：“我半日没有生意，又寒又饥，
你老的好心肠，饱不了我的饿肚皮，
我年纪小拉车，警察还不管，你老又是谁？”
客人点头上车，说：“拉到内务部西！”

（1918 年 1 月 15 日《新青年》第 4 卷第 1 号）

铁匠

刘半农

1

叮当！叮当！
清脆的打铁声，
激动夜间沉默的空气。
小门里时时闪出红光。
愈显得外间黑漆漆的。

2

我从门前经过，
看见门里的铁匠。
叮当！叮当！
他锤子一下——一上。
砧上的铁，
闪作血也似的光，
照见他额上淋淋的汗，
和宽阔的（是裸着的）胸膛。

3

我走得远了，
还隐隐地听见，
叮当！叮当！
朋友！
你该留心着这声音，
他永远地在沉沉的自然界中激荡！
你若回头过去，
还可以看见几点火花，
飞射在漆黑的地上。

（1919年10月30日《新潮》第2卷1号）

笔立山头展望

郭沫若

笔立山在日本门司市西。登山一望，海陆船缠，了如指掌。

大都会的脉搏呀！
生的鼓动呀！
打着在，吹着在，叫着在，……
喷着在，飞着在，跳着在，……
四面的天郊烟幕朦胧了！
我的心脏呀，快要跳出口来了！
哦哦，山岳的波涛，瓦屋的波涛，
涌着在，涌着在，涌着在，涌着在呀！
万籁共鸣的 Symphony，
自然与人生的婚礼呀！
弯弯的海岸好像 Cupid 的弓弩呀！
人的生命便是箭，正在海上放射呀！
黑沉沉的海湾，停泊着的轮船，进行着的轮船，数不尽的轮船，
一枝枝的烟筒都开着了朵黑色的牡丹呀！
哦哦，二十世纪的名花！
近代文明的严母呀！

（1920年6月）

老木匠

刘半农

我家住在楼上，
楼下住着一个老木匠。
他的胡子花白了，
他整天的弯着腰，
他整天的叮叮当当敲。

他整天的咬着个烟斗，
他整天的戴着顶旧草帽。
他说他忙啊！
他敲成了许多桌子和椅子。
他已送给了我一张小桌子，
明天还要送我一张小椅子。

我的小柜儿坏了，
他给我修好了；
我的泥人又坏了，
他说他不能修，
他对我笑笑。

他叮叮当当地敲着，

我坐在地上，
也拾些木片儿的的搭搭地敲着。
我们都不做声，
有时候大家笑笑。

他说“孩子——你好！”
我说“木匠——你好！”
我们都笑了，
门口一个邻人——
（他是木匠的朋友，
他有一只狗的）
也哈哈地笑了。

他的咖啡煮好了，
他给了我一小杯，
我说“多谢”，
他又给我一小片的面包。

他敲着烟斗向我说，
“孩子——你好。
我喜欢的是孩子。”
我说“要是孩子好，
怎么你家没有呢？”
他说“唉！
从前是有的，
现在可是没有了。”

他说了他就哭，
他抱了我亲了一个嘴；
我也不知怎么的，
我也就哭了。

（1921年10月1日，巴黎）

上海的清晨

郭沫若

上海市上的清晨，
还不曾被窒息的 gasoline 毒尽。
我赤着脚，蓬着头，叉着我的两手，
在马路旁的树荫下傲慢地进行，
赴工的男女工人们分外和我相亲。

兄弟们哟，我们路是定了！
坐汽车的富儿们在中道驱驰，
伸手求食的乞儿们在路旁徒倚。
我们把伸着的手互相紧握吧！
我们的赤脚可以登山，可以下田，
自然的道路可以任随我们走遍！
富儿们的汽车智能在马路上面盘旋。

马道上，面的不是水门汀，
面的是劳苦人的血汗与生命！
血惨惨的生命呀，血惨惨的生命
在富儿们的汽车轮下……滚，滚，滚，……

兄弟们哟，我相信：就在这静安寺路的街道中央，

终会有剧烈的火山爆喷！

（1923 年 5 月 20 日《创造周刊》第 1 卷 2 号）

歌谣·工厂歌

往工厂，做劳工，
生活情形牛马同！
厂主腰包满，
工人永远穷。

在工厂，苦谁知？
精疲力尽硬撑持；
可怜我工人，
穷苦直到死。

出工厂，喜洋洋，
今晚安闲明又忙；
明又忙，明又忙，
工人欲享福，
除了团结别无方。

（1924 年 9 月 19 日《民国日报》副刊“平民之友”第 15 期）

歌谣·纱厂女工

一更一点月正东，因为贫穷，
咦呀呀得而哙，因为贫穷，
跑进纱厂当女工，不放松，
一天里呀，要做十二时，
咦呀呀得而哙，腰背都酸痛！

二更二点月光辉，说也可怜，
咦呀呀得而哙，说也可怜，
工钱只有几角钱，百物贵，
这一点呀，够买啥东西？
咦呀呀得而哙，生活苦难言！

三更三点月正中，机声隆隆，
咦呀呀得而哙，机声隆隆，
水汽腾腾头涨痛，眼蒙眬，
机器旁呀，尽想打瞌睡，
咦呀呀得而哙，又怕见监工。

四更四点月色黄，骨瘦皮黄，
咦呀呀得而哙，骨瘦皮黄，
睡觉很少做工长，真凄凉，

三顿饭呀，急如鬼抢羹，
咦呀呀得而哙，身体哪能强？

五更五点月在西，说不完全，
咦呀呀得而哙，说不完全，
女工的苦难说完，谁来理？
劝各位呀，设法自救济，
咦呀呀得而哙，此事最为先！

（1924 年 7 月 18 日《民国日报》副刊“平民之友”第 6 期）

歌谣·救国十二月花名

正月里来是新春，
奉劝同胞要热心，
洋人待我心肠狠，
亡国以后难做人。

二月里来暖洋洋，
可恶日本矮东洋，
吸我鲜血真厉害，
来到中国开工厂。

三月里来是清明，
工人做工真伤心，
倭奴随便来打我，
工人受苦泪纷纷。

四月里来开蔷薇，
顾正红打死血满地，
爱国学生来送丧，
英国巡捕捉进去。

五月里来五端阳，
南京路上来演讲，

巡捕竟然把枪放，
许多同胞把命丧。

六月里来热难当，
学生工人关捕房，
五月卅日成惨案，
六月商界罢市场。

七月里来秋风凉，
帝国主义太逞强，
不平等条约凶如虎，
还要定罪在会审公堂。

八月里来桂花香，
工人学生意志强，
热心来把商家劝，
抵制敌货不上当。

九月里来菊花黄，
同胞救国心要长，
不平等条约要推翻，
条约不去国要亡。

十月里来小阳春，
全国同胞要齐心，
眼前有句要紧话，

第一大家要团结紧。

十一月里雪花飘，
现今中国不得了，
洋人跑进似狼虎，
里面军阀一团糟。

十二月里过年忙，
千万同胞永不忘，
全国国民全兴起，
大家来做革命党。

（1925 年 6 月 13 日《热血日报》）

新大鼓

刘　华

工友们，你静听，
唱一个大鼓安你心。
我工人，团结牢，
什么好处都得到。
从前时，没组织，
做牛做马受尽气。
生活紧，工钱小，
一家数口吃不饱。
最伤心，停生意，
簿子充公没人理。
现今时，有工会，
大家团结保地位。
派代表，去要求，
想得好处真自由。
资本家，多狡猾，
花费小钱他不怕。
办小学，设诊所，
处处表示来调和。
待妊妇，定条例，
优待我们求妥协。
不但是，以利动，

并且暗中才好笑：
一笑我们不明理，
情愿自己害自己；
二笑我们贪小财，
不顾后路图眼前。
这奸计，要明亮，
免得后来上他当。
任便你，千百计，
我们还是顾团体。
这样来，他没法，
我们工会要弄大。
一要他，造会所，
一个罢工就会妥；
二要他，倒威风，
一个怠工也成功。
这些事，靠团结，
别样方法求不得。
工友们，快努力，
免得吃亏后悔迟。

（1926 年 3 月 7 日《上海总工会三日刊》）

歌谣·敢把皇帝拉下马

天不怕，地不怕，
哪管在铁链子下面淌血花。
拼着一个死，
敢把皇帝拉下马。

杀人不过头落地，
砍掉脑袋只有碗大个疤。
老虎凳，绞刑架，
我们咬紧钢牙。

阴沟里石头要翻身，
革命的种子发了芽。
折下骨，当武器，
不胜利，不放下。

（产生于 1927 年上海工人武装起义期间）

一九二九年的五月一日

殷　夫

一

最后的电灯还闪在街心，
颓累的桐树后散着浓影，
暗红色的，灰白色的，
无数的工厂都在沉吟。

夜还没收起她的翅膀，
路上是死一般的荒凉，
托，托，托，按着心的搏跃，
我的皮鞋在地上发响。

没有戴白手套的巡警，
也没有闪着白光的汽车眼睛，
烟突的散烟涌出，——
纠缠着，消入阴森。

工厂散出暖的空气，
机器的声音没有疲惫，
这儿宇宙是一个旋律——

生的，动的，力的大意。

伟长的电线杆投影，
横过街面有如深井，
龌龊的墙上涂遍了白字——
创口的膏布条纹：

纪念五一劳动节！
八小时工作！
八小时教育！
八小时休息！

打倒国民党！
没收机器和工场！
打倒改良主义，
我们有的是斗争和力量！

这是全世界的创伤，
这也是全世界的内疚，
力的冲突与矛盾，
爆发的日子总在前头。

呵，我们将看见这个决口，
红的血与白的脓汹涌奔流，
大的风暴和急的雨阵，
污秽的墙上涂满新油。

呵，你颤战着的高厦，
你底下的泥沙都在蠢爬；
你高傲的坚挺烟突，
烟煤的旋风待着袭击……

二

勤苦的店主已经把门打开，
老虎灶前已涌出煤烟，
惺忪睡容的塌车夫，
坐在大饼店前享用早点……

上海已从梦中苏醒，
空中回响着工作日的呵欠声音，
上工的工人现出于街尾，
惨白的路灯残败于黎明。

我在人群中行走，
在袋子中是我的双手，
一层层一叠叠的纸片，
亲爱地吻我指头。

这里是姑娘，那里是青年，
半睡的眼，苍白瘦脸，
不整齐的他们默着行走，

黎明微凉的空气扑上人面。

她们是年青的，年青的姑娘，
他们是少年的——年青力强，
但疲劳的工作，不足的睡眠，
坏的营养——把他们变成木乃伊模样。

他们像髑髅般瘦孱，
他们像残月般苍黄，
何处是他们的鲜血，青春……
是润着资产阶级的胃肠。

他们她们默默地走上，
哲学家般地充满思想，
这就是一个伟大的头脑，
思慕着海底的太阳。

呵，他们还不知道东方输上了红光，
这个再不是“他们”的朝上，
这五一节是“我们”的早晨，
这五一节是“我们”的太阳！

三

我才细细计划，
把我历史的工作布置，

我要向他们说明：
今天和将来都是“我们”的日子。

——今天是五月一号，
这是他们的今朝，
我们要拒绝做工，
我们叫出三个口号：
八小时工作，
八小时休息，
八小时教育！

“我们总同盟罢业，
纪念神圣的五一节，
这是我们誓师的大典，
我们要继续着攻击……”

四

怒号般的汽笛开始发响，
厂门前涌出青色的群众，
天，似有千万个战车在驰驱，
地，似乎在挣扎着震动。

呵哟，伟大的交响，
力的音节和力的旋律，
踏踏的步声和小贩的叫喊，

汽笛的呼声久久不息……

呵，这杂乱的行列，
这破碎零落的一群，
他们是奴隶，
又是世界的主人。

这被压迫着的活力，
这被囚困着的精神
放着大的号呼了——
欢迎我们的黎明……

我突入人群，高呼：
“我们……我们……我们……”
白的红的五彩纸片，
在晨曦中翻飞像队鸽群。

呵，响应，响应，响应，
满街上是我们的呼声！
我融入于一个声音的洪流，
我们是伟大的一个心灵。

满街都是工人，同志——我们，
满街都是粗暴的呼声！
我融入于一个声音的洪流，
我们是伟大的一个心灵。

满街都是工人，同志，我们，
满街都是粗暴的呼声，
满街都是喜悦的笑，叫，
夜的沉寂扫荡净尽。

呵哟，这是一阵春雷的暴吼，
新时代的呱呱声音，
谁都融入了一个憧憬的烟流，
谁都拿起拳头欢迎自己的早晨。

“我们有的是力量，
我们有的是斗争，
我们的血已浮荡，
我们拒绝进厂门！……”

五

一个巡捕拿住我的衣领，
但我还狂叫，狂叫，狂叫，
我已不是我，
我的心合着大群燃烧。

他是有良心的狗：
“这是危险的事业——
只要掉得好舌头，

也可摆脱罪孽……”

谢你哟，我们的好巡警，
我领受你的好心，
从你我已看出同情的萌芽，
却看不见你阶级的觉醒。

这是对垒的时候，
只要坚决地打下心肠——
不替杀人者杀人，
那就是我们的战将。

群众的高潮在我背后消去，
黑暗的囚牢却没把我心胸占据，
我们的心是永远只一个，
无论我们的骨成灰，肉成泥。

我们的五一祭是誓师礼，
我们的示威是胜利的前提，
未来的世界是我们的，
没有刽子手断头台绞得死历史的演递。

（1929年5月5日）

五一歌

殷　夫

在今天，
我们要高举红旗，
在今天，我们要准备战斗！
怕什么，铁车坦克炮，
我们伟大的队伍是万里长城！
怕什么，杀头，枪毙，坐牢，
我们青年的热血永难流尽！
我们是动员了，
我们是准备了，
我们今天一定，一定要冲，冲，冲，
冲破那座资本主义的恶魔宫。
杀不完的是我们，
骗不了的是我们，
我们为解放自己的阶级，
我们冲锋陷阵，奋不顾身。
号炮响震天，
汽笛徒然催，
我们冲到街上去，
我们举行伟大的“五一”示威！
我们手牵着手，

我们肩并着肩，
我们过的是非人的生活，
唯有斗争才解得锁链，
把沉重的镣枷打在地上，
把卑鄙的欺骗扯得粉碎，
我们要用血用肉用铁斗争到底！
我们要把敌人杀得干净，
管他妈的帝国主义国民党，
管他妈的取消主义改组派，
豪绅军阀，半个也不剩！
不建立我们自己的政权——
我们相信，我们相信，永难翻身！……

（1930年4月25日）

码头工人歌

蒲　风

从朝搬到夜
从夜搬到朝
眼睛都迷糊了
骨头架子都要散了
搬啦搬啦
嘿咿哟嗬
嘿咿哟嗬
嘿咿哟嗬
嘿咿哟嗬

笨重的麻袋
钢条
铁板
木头箱
都往我们身上压
为了两顿吃不饱的饭
搬呐
搬呐
嘿咿哟嗬
嘿咿哟嗬

嘿唷哟嗬
嘿唷哟嗬

成天流血
成天流汗
在血和汗的上头
他们盖起洋房来
搬呐
搬呐
嘿唷哟嗬
嘿唷哟嗬
嘿唷哟嗬
嘿唷哟嗬

一辈子这样下去吗
不弟兄们团结起来
向着活的路上走
搬呐
搬呐
嘿唷哟嗬
嘿唷哟嗬
嘿唷哟嗬
嘿唷哟嗬

（《码头工人歌》，由蒲风作词、聂耳作曲，作于 1934 年，系田汉编剧、聂耳作曲的独幕歌剧《扬子江暴风雨》中的一首。）

黎　明

何其芳

山谷中有雾。草上有露。
黎明开放着像花朵。
工人们打石头的声音
是如此打动了我的心，
我说，劳作最好的象征是建筑：
我们在地上看见了房屋，
我们可以搬进去居住。

呵，你们打石头的，砍树的，筑墙的，盖屋顶的，
我的心和你们的心是如此密切地相通，
我们像是在为着同一的建筑出力气的弟兄。
我无声地写出这个短歌献给你们，
献给所有一醒来就离开床，
一起来就开始劳作的人，
献给我们的被号声叫起来早操的兵士，
我们的被钟声叫起来自习的学生，
我们的被鸡声叫到地里去的农夫。

（1942年初）

咱们工人有力量

马　可

咱们工人有力量
嘿，咱们工人有力量
每天每日工作忙
嘿，每天每日工作忙
盖成了高楼大厦
修起了铁路煤矿
改造的世界变呀么变了样
哎嘿
开动了机器轰隆隆地响
举起了铁锤响叮当
造成了犁锄好生产
造成了枪炮送前方
哎嘿哎嘿嘿呀
咱们的脸上发红光
咱们的汗珠往下淌
为什么为了求解放
为什么为了求解放
哎嘿哎嘿
为了咱全中国彻底解放

咱们工人有力量

嘿，咱们工人有力量
每天每日工作忙
嘿，每天每日工作忙
盖成了高楼大厦
修起了铁路煤矿
改造的世界变呀么变了样
哎嘿
开动了机器轰隆隆地响
举起了铁锤响叮当
造成了犁锄好生产
造成了枪炮送前方
哎嘿哎嘿嘿呀
脸上发红光
汗珠往下淌
为什么为了求解放
为什么为了求解放
哎嘿哎嘿
为了咱全中国彻底解放

（马可作词、作曲，佳木斯发电厂工人演唱，创作于 1947 年。）

1949

第二辑

1977

到远方去

邵燕祥

收拾停当我的行装，
马上要登程去远方。
心爱的同志送我
告别天安门广场。

在我将去的铁路线上，
还没有铁路的影子。
在我将去的矿井，
还只是一片荒凉。

但是没有的都将会有，
美好的希望都不会落空。
在遥远的荒山僻壤，
将要涌起建设的喧声。

那声音将要传到北京，
跟这里的声音呼应。
广场上英雄碑正在兴建啊，
琢打石块，像清脆的鸟鸣。

心爱的同志，你想起了什么？
哦，你想起了刘胡兰。
如果刘胡兰活到今天，
她跟你正是同年。

你要唱她没唱完的歌，
你要走她没走完的路程。
我爱的正是你的雄心，
虽然我也爱你的童心。

让人们把我们叫作
母亲的最好的儿女，
在英雄辈出的祖国，
我们是年轻的接力人。

我们惯于踏上征途，
就像骑兵跨上征鞍，
青年团员走在长征的路上，
几千里路程算得什么遥远。

我将在河西走廊送走除夕，
我将在戈壁荒滩迎来新年，
不管什么时候，只要想起你，
就更要把艰巨的任务担在双肩。

记住，我们要坚守誓言：
谁也不许落后于时间！
那时我们在北京重逢，
或者在远方的工地再见！

（1952年11月23日）

我站在祁连山顶

李　季

像一个守卫边疆的战士，
我昼夜站在祁连山顶。
我站在那雄伟的井架下面，
深情地照料着我的油井。

虽然是严寒封锁了大地，
虽然是风沙吹打得睁不开眼睛；
不论什么时候我都不愿离开一步，
哪怕是寒冷得连汗水也冻结成冰。

在山顶上我一点也不觉得寂寞，
整天陪伴我的是那祁连群峰。
黑夜里，群山悄悄地隐入夜幕，
这时候，来拜访我的是北斗七星。

辽阔坦平的戈壁滩在我的脚下，
行驶着的车队像一群小小的甲虫。
排成长列的白云前来把我慰问，
乐队总是那高傲的山鹰的嗥鸣。

我见过黎明怎样驱走黑夜，
我见过破晓前最后熄灭的那颗晨星，
我见过坐着第一辆车去上工的兄弟，
我见过金光四射的太阳怎样升上天空。

（1953年）

告别林场

——给共产主义的伐木者

傅　仇

请记着今天大风雪的日子，
有一队伐木者告别林场。
让我们最后再看一眼，
我们的心窝发热，喜气洋洋。

我们今年春天上山采伐，
遍山是对天的云杉、冷杉、赤桦；
我们把宝贵的木材送给祖国，
建设铁路、工厂、高楼大厦。

青山披着鹅毛雪花，
刚好一年，就告别“森林之家”；
山上留下年青的幼树和母树，
我们请林墙来保护它。

胆小的獐子、大胆的金钱豹，
温驯的小鹿、肥美的马鸡；
别说我们已经走了，
随便来践踏我们的林区。

我们真不愿离开这里，
但我们还要去采伐新林区。
什么时候我们再回来？
最早也是一百年，一个世纪！

一个世纪，一百个年辰，
再走进这青山的已经不是我们；
而是一批批共产主义的新人，
电气化的伐木者，我们的子孙。

那未来的美妙远景，
怎不使我们沉醉动心；
让我们在这山上刻下一块树碑，
把我们的历史和预言告诉下一代人：

“在祖国第一个五年计划的开头，
正是我们最早走进原始森林的时候；
是我们为祖国采伐了第一批大树，
建设了新型厂房、学校、社会主义道路。

“我们走了，留下满山最好的树种，
到二十一世纪，你们上山的时候，
有一座新的无比茂盛的森林，
留给你们采伐，建设共产主义的高楼。”

再见了，我们亲爱的林场，
让我们的思想感情永远生在这里。
再见了，未来的共产主义的森林，
请接受二十世纪伐木者的敬礼。

（1954 年 9 月 18 日写于四川理县来苏沟大郎坝）

红头巾

李　季

红头巾汽车飞驰在戈壁滩上，
开车的是一个年轻的姑娘。
姑娘系着一条红色的头巾，
红得像戈壁上初升的太阳。

汽车飞驰在戈壁滩上，
就像是长了翅膀一样。
姑娘嘴里悄声唱着歌儿，
一丝微笑挂在她的脸上。

两只手紧紧地握着方向盘，
一对眼直直地望着前方。
那颗带翅膀的心儿呵，
却早已飞到了井地上。

心儿飞到了井地上，
飞到了年轻的队长身旁。
她好像看见那个钻井队长，
正在焦急地把她盼望。

队长真的是在盼望，
他甚至爬上井架瞭望。
他盼望着快把钻杆送到，
也盼望着戴红头巾的姑娘。

汽车飞驰在戈壁滩上，
开车的是一个年轻的姑娘。
姑娘系着一条红色的头巾，
红得像戈壁上初升的太阳。

（《人民文学》1954 年第 7 期）

每当我印好一幅新地图的时候

李学鳌

我爱我的祖国，
像爱我的母亲，
我虽然不生产钢铁和小麦，
我却用我全部的力量，
描绘着她壮丽的面容。

每当我印好一幅新地图的时候，
就无法控制那海洋般的激情，
这纵横九百六十万平方公里的土地啊，
处处像磁石一样吸引着我的眼睛，
吸引着我的心到处飞腾。

啊，这个圆点儿就是我们的鞍钢，
解放前这儿是一片废墟，烂铁场，
敌人想从地图上把它抹掉，
让我们叹息着在这儿种高粱。
可是我们回答敌人的，
是滚滚的钢水，是高炉的欢唱！

啊，这儿曾经是漫无人烟的戈壁滩，

现在，一排排油井架高插入天，
黑色的血液直泻奔流，
它策动着工业的轮子日夜飞旋。
当我正赞美玉门油矿的时候，
那，巍峨的昆仑山脚下，
又出现了一块丰饶的油田；
为了这喜讯啊，
我的印刷机又和我一起狂欢！

看，这儿是一道弯曲的蓝线，
横亘在祖国大地当中，
为了让列车横跨过滔滔的江水，
江面上正筑起一道钢铁的长虹。

啊，这儿是宝成和兰新铁路，
多少年只是趴在纸上的两条虚线，
看今天，它多么像受了热的水银柱，
飞快地伸展在地图上面！
快拿起笔来添啊，
这里又多了两条铁路新线，
它们将通向伟大的联盟苏联！

看那向自然进军的尖兵们到处跋涉，
他们用铁锤、标尺叩醒了沉睡的山林。
任何障碍也不能阻拦建设大军的脚步，
哪怕是酷暑严寒、高山峻岭，

他们坚信在自己走过的路上，
每一寸土地都会有幸福诞生。

不，幸福已经从他们的脚印上诞生，
你看那森林般的铁塔和烟囱已升向天空，
昨天这儿还是一片空白，
今天就出现了一座工业城，
明天当新地图上刚把这里添好新点、新线的时候，
那边又响起了震天的夯声……

祖国啊，我的母亲，
尽管我驾的是世界上最新的印刷机轮，
也赶不上你神速的变化，像闪电，像飓风，
千万吨彩色油墨也描绘不出你美丽的外表，
你内在的美更比你的外表高超万分！

祖国啊，你自己讲吧，
你到底有多少田野和森林？
到底有多少城市和铁路？
有多少农场和矿坑？
好让我描绘出你真实的面容。

祖国啊，你自己讲吧，
在你的历史上哪有过这样的光荣？
是谁把新的里程碑在你的脚前竖起？
是谁用双手替你叩着社会主义的大门？

祖国啊，我的母亲，
我虽然描绘不出你神速的变化和美丽，
可是我知道那是谁——
正在用无比的智慧和劳动，
日夜不停地创造着你庄严伟大的面容！

（1954 年 12 月 7 日《北京日报》）

山　鹰

甘永柏

汽车沿着河岸缓缓爬行，
河水的喧哗一刻不停；
在那陡峭的岩石间，
飞翔着一只孤独的山鹰。

阳光不时照亮它的翅膀，
青色的水波上掠过它的阴影；
它追随着这条新筑的公路，
不管悬岩的险恶，峡谷的阴森。

（1954 年 3 月于甘孜）

正是杏花二月天

李　季

正是杏花二月天，
遍地麦苗像绿毡。
汽车走在公路上，
姑娘们锄草在地边。

汽车停在公路旁，
姑娘们上前围着看。
司机同志修车忙，
两手油腻汗满脸。

汽车修好把路赶，
司机扳动方向盘。
一个姑娘走过来，
手扒车窗红着脸。

“同志你先慢一点，
有句话儿和你谈：
我想托你带封信，
不知你情愿不情愿？”

“信儿捎给什么人？
就怕人多找不见。”
“看了信封你就知道，
他的名字在上边。”

“呵，你是给他写的信，
我保证送到他手边；
油矿上谁不知道他，
那是个能干的好青年。”

“他是你的什么人？”
司机看着姑娘的脸。
姑娘撒手跳下地，
笑着跑回麦地边。

正是杏花二月天，
遍地麦苗像绿毡。
司机张眼望麦地，
一只蝴蝶光闪闪。

（《人民文学》1954 年第 7 期）

中国的道路呼唤着汽车

邵燕祥

你可知道祖国的辽阔？
你可曾用脚量过道路？

你数没数过中国有多少条道路——
穿行高山，横渡大河，
联结着千家村庄和万家灯火的城市，
联结着车站和码头，
联结着工厂、仓库、合作社，
绕过牧民的帐篷、农民的门口，
又从你脚下伸过；

你可认得这些道路——
像树干生出枝丫，
像胳膊挽着胳膊，
像头发，像蛛网，
交织在山谷，在平原，
在又像山谷又像平原的高原上；

在那穷年累月没见过好车马的山野，
你可看见有一条新的道路通过——

它驮着农具、肥料和纸张，
还有粮食、棉麻、甜菜和山货；

在那环海的公路旁边，
海浪泼溅着陡峭的岩岸；
你可看见海防的战士，
等待着粮秣和子弹！

你可曾走过这些道路？
你可曾听到道路在呼唤？
它们都通到第一汽车制造厂，
对我们建设者大声地说：
——我们需要汽车！

我们满怀着热情，
大声地告诉负重的道路：
——我们要让中国用自己的汽车走路；
我们要把中国架上汽车，
开足马力，掌稳方向盘，
一日千里、一日千里地飞奔……

（1954年8月5日）

水库夜景

唐　祈

夜半的水库工地，
恍如一片神奇的梦境。
宝石般璀璨的灯光，
像一阵黎明的雨
洒落在墨绿的河面上。

老鹰山升起夜雾，
黑色的倒影一片朦胧。
而那座高耸的连拱坝，
在四面群山的仰望中，
满身披挂着闪亮的盔甲，
像个威风凛凛的英雄，
矗立在水中巍然不动。

运输斗车在山腰间穿行，
像夜空的一串流星。
山顶上闪耀出电焊的光焰；
彩色缤纷的长虹悄然出现。
瀑布般倾泻的钢铁轰鸣，
卷起一阵劳动的欢呼声，

采石场上骤然间巨炮轰隆而来，
地心也被轻轻摇撼。

那边，一群夜班工人，
在山梁上列队前进。
从一片辉煌的夜色中，
他们最先走进黎明。
那道闪光的水库长桥上，
夜夜留下这样的脚印……

（1955 年写于梅山水库，1955 年 10 月于北京整理）

舞会结束以后

闻　捷

深夜，舞会结束以后，
忙坏年轻的琴师和鼓手，
他们伴送吐尔地汗回家，
一个在左，一个在右……

琴师踩得落叶沙沙响，
他说："葡萄吊在藤架上，
我这颗忠诚的心呵，
吊在哪位姑娘辫子上？"

鼓手碰得树枝哗哗响，
他说："多少聪明的姑娘！
她们一生的幸福呵，
就决定在古尔邦节晚上。"

姑娘心里想着什么？
她为什么一声不响？
琴师和鼓手闪在姑娘背后，
嘀咕了一阵又慌忙追上——

“你心里千万不必为难，
三弦琴和手鼓由你挑选……”
“你爱听我敲一敲手鼓？”
“还是爱听我拨动琴弦？”

“你的鼓敲得真好，
年轻人听见就想尽情地跳；
你的琴弹得真好，
连夜莺都羞得不敢高声叫。”

琴师和鼓手困惑地笑了，
姑娘的心难以捉摸到：
“你到底爱琴还是爱鼓？
你难道没有做过比较？”

“去年的今天我就做了比较，
我的幸福也在那天决定了，
阿西尔已把我的心带走，
带到乌鲁木齐发电厂去了。”

（《人民文学》1955 年第 3 期）

夜莺飞去了

闻　捷

夜莺飞去了，
带走迷人的歌声；
年轻人走了，
眼睛传出留恋的心情。

夜莺飞向天边，
天边有秀丽的白桦林；
年轻人翻过天山，
那里是金色的石油城。

夜莺飞向天空，
回头张望另一只夜莺；
年轻人爬上油塔，
从彩霞中瞭望心上的人。

夜莺怀念吐鲁番，
这里的葡萄甜泉水清；
年轻人热爱故乡，
故乡的姑娘美丽又多情。

夜莺还会飞来的，
那时候春天第二次降临；
年轻人也要回来的，
当他成为一个真正的矿工。

（《人民文学》1955 年第 3 期）

运输线

唐　祈

暴雨冲刷着山谷
悬崖倾泻着千条瀑布
夜色把山染得墨黑
大树披散了头发
在巉岩上迎着狂风旋舞

凶险的山峰起伏
山顶上的公路
蛇一样蜿蜒盘曲
在雷电的闪击下
那一座座悬崖的缺口
像通向天空的道路
奔驰而来的
运输纵队的车灯
像无数柄宝剑
劈开了山
惊醒了大树

卡车在狂风暴雨中奔驰
载着成吨的钢材、闸板……

奔向水库
车窗里的英雄司机们
握着坚定的方向盘
他们威严的视线
群山不能阻拦
在前进的亮光中
他们好像在追逐着暴雨雷霆
把群山轻轻扔在黑暗后面

（1955 年写于梅山水库，1955 年 10 月北京整理）

志 愿

闻 捷

牧人们乘着酒兴，
纵谈自己的志愿，
他们想把和硕草原，
建设成人间的乐园——

牧场上奔跑割草机，
部落里开设兽医院，
湖边站起乳肉厂，
河上跨过水电站……

在熊熊的灶火旁边，
滚动一双乌黑大眼；
小姑娘琳娜呦！
你有什么志愿？

高不过博克达山，
宽不过和硕草原；
蒙古姑娘的志愿呵，
比山还高比草原还宽。

琳娜仰起火光映红的脸，
她愿终身做一个卫生员，
在蓝缎子长袍上，
套一件白色罩衫；

她将骑上智慧的白马，
跑遍辽阔的和硕草原，
让老爷爷们活到一百岁，
把婴儿的喧闹接到人间；

她愿古老的蒙古民族，
人口一天一天地增添，
在这美丽的故乡，
实现共同的志愿——

牧场上奔跑割草机，
部落里开设兽医站，
湖边站起乳肉厂，
河上跨过水电站……

（《人民文学》1955 年第 5 期）

刘家峡之歌

冯　至

上流也宽，下流也宽，
黄河在这里挤在两山间，
两山的峭壁直上直下，
壁上的岩石坚又坚。

黄河像一个巨人，
在这里囚困了千万年，
摸不到广大的地，
望不见辽远的天。

如今它将要得到解放，
要淹没两边的巉岩，
低头灌溉肥沃的地，
广阔地照映明朗的天。

它把光明和动力，
通过没有尽头的输电线，
远远地送入大戈壁，
高高地送上祁连山。

（1956 年 8 月 8 日于兰州）

煤矿区

冯 至

山沟里的溪水日日夜夜地流，
铁轨上的煤车日日夜夜地运行，
一百五十公尺地下的煤层里，
电钻的声音日夜不停。

溪水两岸是一片欢腾的市声，
到处是妇女的笑语、儿童的歌唱，
可是人们听不见地下的电钻，
像是听不见自身内跳动的心脏。

（1956 年 7 月 23 日于铜川）

上海夜歌其二

公　刘

上海的夜是奇幻的；
淡红色的天，淡红色的云，
多少个窗子啊多少盏灯，
甜蜜，朦胧，宛如爱人欲睡的眼睛。

我站在高耸的楼台上，
细数着地上的繁星，
我本想从繁星中寻找牧歌，
得到的却是钢铁的轰鸣。

轮船，火车，工厂，全都在对我叫喊：
抛开你的牧歌吧，诗人！
在这里，你应该学会蘸着煤烟写诗，
用汽笛和你的都市谈心……

（1956 年 10 月 5 日于沪西某宅八楼）

夜　景

傅　仇

森林抱住一个月亮，
针叶撒出万缕青光；
一串串明明朗朗的珠宝，
一串串星星，挂在树枝上。

好一个醉人的童话般的夜景，
好一个迷人的安静的海洋。

我听见树木在轻轻呼吸，
嫩草在发芽，幼苗在生长；
一根新针叶悄悄生出来，
刺着飞鼠，在梦中抖抖翅膀。

好一个醉人的童话般的夜景，
好一个迷人的安静的海洋。

我听见森林的心脏在跳跃，
树根底下泉水咚咚响；
一颗颗露珠像失眠的野鸽，
闪着绿的眼睛白的光。

好一个醉人的童话般的夜景，
好一个迷人的安静的海洋。

我听见森林伸展手臂的声音，
树枝摇摇，好像在收聚星光；
送给未来的晴朗的早晨，
送给光华灿烂的旭阳。

好一个醉人的童话般的夜景，
好一个迷人的安静的海洋。

我听见的这一切，是生命的音响，
这里面也含有我的呼吸，我的声音；
这一切，都是属于我的祖国，
为了明天，这一切都在快快地成长。

好一个醉人的童话般的夜景，
好一个迷人的安静的海洋。

（1956 年 9 月 28 日于成都）

寄语三章

昌 耀

1

地平线上那轰隆隆的车队，
那满载钢筋、水泥、原木的车队以未可抑制的迅猛
泼辣辣而来，又泼辣辣而去，
轮胎深深地划破这泥土。
大地啊，你不是早就渴望这热切的爱情？

2

在他的眉梢，在他的肩项和肌块突起的
前胸，铁的火屑如花怒放，
而他自锻砧更凌厉地抡响了铁锤。
他以铁一般铮铮的灵肉与火魂共舞。

3

披着鳞光瑞气
浩浩漭漭轰轰烈烈铺天盖地朝我腾飞而来者

是古之大河。怦怦然心动。

而于瑞气鳞光之中咏者歌者并手舞足蹈者则一河的子孙。

（1957年）

春节寄友人

李　季

春天来到祁连山，
春天来到了玉门。
难以抑制心里的激情，
写一封信儿寄友人。

玉门是这样一个地方，
不见它想它，见了它爱它，
假若你做了它的居民，
一辈子也不愿离开它。

今年的春天不同往年，
我们的油矿也在大发展。
勘探油田的地质钻井队，
将要把酒泉盆地都摆满。

亲爱的朋友，看起来，
我是和石油结了不解缘，
我的生活的道路，
注定是在充满油味的戈壁滩。

本来石油的芳香已足够使我迷醉，
何况戈壁上又吹来阵阵的春风。
在这遍野的钻机震动的时候，
我怎能离开那些戴铝盔的弟兄。

（1958 年）

春在车间

于德成

五色缤纷的铁屑正像盛开的牡丹，
喷射的冷却液像一座飞泉，
一台台机床正是一棵棵深绿的树，
一颗颗闪着金光的果子挂在上边。

一个姑娘飞似的转动着手柄，
她身上只穿了一件淡绿的衣衫，
流着汗的脸上，
像含着露珠的芙蓉花瓣……

车间里电灯像一排排大雁，
一股暖流扑向我们胸前，
门外的雪哪怕下得再大，
车间里呀，永远是春天。

（1958 年）

工业子弟兵

孙友田

我把枪擦了三遍告别了同志，
从兵营来到矿工城，
在前线我领着一连人打了十年仗，
在这里我是个新兵。

戴上矿工帽像戴上钢盔，
“钢盔”上少了一颗红星，
在那红星的位置上，
我插上了一盏发亮的矿灯。

进入了深深的矿井，
看到了金闪闪的煤层。
我举起一块煤向党宣誓：
在地下的战斗里定要建立功勋！

“给我风镐，师傅！”
突突突，向煤层发起冲锋，
嘭！嘭！这一百公尺的地下，
我又听到前面的炮声……

脸上淌着黑亮的汗水，
抱着风镐，露着热腾腾的前胸。
亲爱的祖国呵，您看！
您的工业子弟兵多么豪迈英勇！

（1958年）

寄白云鄂博

李　季

我站在镜铁山顶，
展眼向东方看望。
我要把一封信儿，
请苍鹰投到蒙古草原上。

信儿要投到白云鄂博；
要投到那繁荣的钢铁大街。
就说它们的一个将要出生的兄弟，
向它们祝贺春节！

嘉峪关外大野茫茫，
这儿将是我出生成长的地方。
我的邻居将是数不清的年轻城市，
还有那屹立在祁连山下的玉门油矿。

我还没有出生，
你就开始长成；
当我牙牙学语，
你就要为祖国歌唱。

我们的大哥哥——鞍山，

已经为祖国立了功勋。
武钢和你，
也将要迎头赶上。

比起你们来，
我的年纪最轻；
亲爱的哥哥请相信我，
我决不会损害咱们钢铁弟兄的荣光。

听见没有，
那气薄河山的壮言？
我的心跃跃欲动，
我真想即刻下山大干一番。

咱们兄弟四个，
分住在东南西北四边。
让咱们燃起熊熊的钢铁之火，
映红祖国的地和天。

那时候，我和你，
大戈壁和蒙古草原，
将要用烟囱做大喇叭筒，
向那颗伟大的心灵汇报说：
我们胜利地实现了你的预言！

（1958年）

井口旁边

孙友田

井口旁边的布告牌前，
围着一群矿工，
看样子是他们刚刚上井，
头上的矿灯已累得发红。

布告牌上贴的什么？
使下班的弟兄这么高兴，
原来是一张“新建矿井布置图”
吸引着一双双兴奋的眼睛。

图上画满了黑色的井架，
井架下写上了新矿山的姓名，
那些用虚线画的铁路线呵，
曲曲弯弯，爬满了山山岭岭。

一号井、二号井、三号井……
没出世，已结成亲亲的弟兄，
眼看这地下的煤海，
喜坏了咱们的采煤工。

“队长，咱搞的新式采煤法
一定得试验成功，
不打破惯例怎么能行？
你看，咱后边跟着一大群矿井……”

（1958 年）

我们沸腾的工厂

李清联

当白雪还覆盖着大地，
春天早已来到汽车厂。
一个战斗还没有结束，
新的高潮已经到来。
在宽阔的车间里，
在平坦的马路上，
在饭厅，在宿舍，在走廊……
到处呈现着春天的气象。
每个人的心上像有股电流流过，
空气中也饱和着战斗的欢畅。
昨天，一天完成两天的生产任务，
今天，一天干完十天的活儿；
昨天，车间增产十五辆汽车的计划，
今天，变成了最大的保守；
昨天，认为潜力已挖尽的万能机床，
今天，效率又提高了十二倍半；
昨天，认为浪费现象绝迹的工部，
今天，又检查出浪费五万多元。
汗流满面的锻工，

白天在汽锤旁出色地完成了任务，
夜晚擦去汗珠在会上发言：
“生产任务订得太保守，
我们经过整风锻炼，
心中的火苗烧得更旺，
最少应增加五倍才过瘾。”
年轻的车工已做完1960年的工件，
新的保证如雷声震人心弦，
他说：“1960年要把第三个五年计划完成！”
昨天还不大称意的清扫工，
今天提出一人代替三个人的工作，
他说：“不这样，十五年怎能赶上英国？”
昨天有人还不遵守劳动纪律，
今天，下班后却在擦机器。
啊！到处都是战斗，
满天飞舞着惊人的事迹。
挑战书，倡议书，
如黄河陡涨的春汛，
千万张彩色的大字报，
写着伟大的社会主义思想。
（汽车工人报的版面太小了，
应该再加出一千张号外。）
厂长正在检阅战斗，
眉间锁不住心中的欢笑，
为了我们豪迈的事业，

他愿熬一万个通宵。
在党委的紧急会议上，
书记的语言如一串滚雷，
他把第一汽车厂的大竞赛，
烧得像满炉沸腾的钢水。

（1958 年）

我是一个装卸工

黄声孝

我是一个装卸工，
威震长江显本领。
左手抓来上海市，
右手送走重庆城。

我是一个装卸工，
劳动干劲顶破天。
太阳装了千千万，
月亮卸了万万千。

我是一个装卸工，
生产战斗在江中。
钢铁下舱一声吼，
龙王吓倒在水晶宫。

我是一个装卸工，
生产积极打冲锋。
要把英国甩后面，
快装快卸快如风。

（《诗刊》1958 年第 8 期）

向水库工地献礼

卞之琳

奔水库先投人海——
荒山口蓝潮汹涌！
千家万户人都来，
是百川归海的行动。
摔脱了大衣抓扁担，
人海里洗一个风沙澡。
给水库献上一滴汗，
喜悦的心跳像鱼跳。

（1958年）

一听说冷湖喷了油

李　季

一听说冷湖喷了油，
油柱滚滚冲向天。
芳香原油流满地，
转眼沙滩变海滩。

一听说冷湖喷了油，
不住气喷了十几天。
喷出原油千百吨，
车拉罐装运不完。

一听说冷湖喷了油，
原油流满戈壁滩。
戈壁变成大油海，
油光闪闪波浪翻。

一听说冷湖喷了油，
止不住心里好喜欢。
千人狂喜万人歌，
贺电就像雪片般。

一听说冷湖喷了油，
柴达木盆地闹翻天。
千顶帐篷锣鼓响，
万杆红旗飘山川。

一听说冷湖喷了油，
人人争把喜讯传：
盆地原是聚宝盆，
柴达木是祖国的大油田。

一听说冷湖喷了油，
浑身流汗笑满脸；
五年苦战未白过，
终于给祖国找到了一个大油田。

一听说冷湖喷了油，
嘴里欢喜心里甜；
严寒风沙成过去，
酷热蚊咬只等闲。

一听说冷湖喷了油，
满怀信心望明天。
单等火车进盆地，
海样的原油拉不完。

一听说冷湖喷了油，

昆仑山上吐豪言：
柴达木是祖国的新玉门，
原油就像长江黄河一样流不断！

（1958年9月于柴达木）

在地球深处

孙友田

从矿上出来了一群姑娘，
她们嘻嘻哈哈，边走边唱，
谁会相信这群毛丫头，
敢和那乌黑的煤层打仗！

记得她们初下井，
胆小害怕炮声响，
放炮员一喊："放炮啦！"
她们就忙把耳朵捂上。

黑色的金子多难采呵，
淘气的小伙子故意不帮忙，
姑娘们咬咬牙接受磨炼，
不愿当"渣"，愿当"钢"。

采出一吨煤不怕流一身汗水，
严冬的日子也湿透了几层衣裳，
炮声里她们高喊："再来一个！"
手里的电钻呀，笑得嘎嘎地响。

把皮带扎在腰里，
把小辫子盘在头上。
“小伙子，你们不服气吗？
好！那咱就较量较量！”

把青春献给生产的洪炉，
她们的劲头如同炉火烧得正旺。
她们挖掘的那些煤块呀，
正在地球深处闪闪发光。

（1958 年）

哈拉库图人与钢铁

—— 一个青年理想主义者的心灵笔记

昌 耀

上篇：喜娘的订婚酒宴及炼铁消息

1

呜噜——噜——
海螺的吹奏。
太阳，听到这号角，出帐了。
好红火的哈拉库图山庄啊。

“哥哥，
吹得响一些，
再响一些！”

土房顶上的洛洛听到这央求，
低头望望木梯站立的未婚妻。
喜娘那么地羞。

“阿哥，吹得轻一些，再轻一些吧。”

海螺快乐的呼号却是高了，更高了。

2

喝喜娘的喜酒，喝洛洛的喜酒。
亲家亲家快把酒坛抬来，
酒不醉人算喝什么喜酒。

好浓的酒味，好醇的曲儿。
我们的公社主任收拢脚跟磕磕马靴，
快步登上了一溜高高的台阶。
他想着为喜娘择的订婚吉日真是巧。

“请呀，来呀，贵客炕头坐呀！”

喜娘呢？这丫头蹲在厨房里哩，
快来看杯，多拿一双筷子。
我们的公社主任坐在了老汉堆里，
双手捧住酒杯祝福了一对年青人的喜事，
然后又告诉大家一个天大的喜讯：
哈拉库图的钢铁就要上马了。

他说：明天我们打好行装，
去为钢铁而战。

3

是的，钢铁。
国家要钢铁。社会主义需要更多钢铁。
喏，喜娘，瞧瞧你那绣花针。
喏，洛洛，瞧瞧你那河州刀。
钢铁就是智慧，就是力量，就是幸福。
力量、智慧和幸福就在我们身边。
那么我们去炼钢铁吧。
跳呀，我们跳锅庄，九里松，123……
跳呀，我们跳锅庄，九里松，123……
那么请洛洛为我们领唱吧。
喜日子啊又逢双喜临门，
我们要去炼钢铁了。
哈拉库图人也要掌握工业化了。
跳呀，我们跳锅庄，九里松，123……
那么请喜娘为我们领唱吧。
（一个青年说：“急人呀，心里像揣了马驹。”一个姑娘说：“我的脚跟跳疼了……我也能去炼钢铁吗？”青年说：“步子快紧跟上。”）
月亮
升起来了。

中篇：炉前。哈拉库图人的笑声

1

铁水不像哈拉库图人手下的烈马那样容易就范。
不像哈拉库图人先祖绞杀野牛那样熨帖自如。
九个昼夜，太阳升降了九次，
哈拉库图人落膘九斤。土高炉吞下
九千斤矿石，九万斤焦炭，吐不出一滴铁。
十几双乌黑的手在热乎乎的矿渣里寻啊找啊。
十几双通红的眼睛如狼饥饿瞪出了血丝。
喜娘倚在炉壁扪住脸儿心疼得哭了。
当她侧转头去，炭黑在她唇角抹了一撇胡须。
哈拉库图人全笑了。
“丫头家哭个甚！快去河边！
瞧瞧你的鬼脸儿！
刮掉你的胡子！
胡子拉碴不是哈拉库图人！
哈拉库图人不要啼哭！
瞧吧，明天我们就用铁水给你铸造一只手镯，
让炼铁工人洛洛与你合婚！”
真的，哈拉库图人不会吹牛。
哈拉库图人保有乐观的乡俗。
铁工们，那么让我们来研究研究
莫不是石灰石投少了，
或是风速问题？

2

哈拉库图人的笑声将夜色笑红了。
宽阔的胸脯，疙疙瘩瘩的膀臂鼓动着风炉，
好像是操纵着火山口。
炉顶的火苗照得哈拉库图人脸膛青紫，
金刚铜佛似的壮美。
喜娘，来吧，快放下水桶，从风眼里看看
沸腾的熔液吧，看看那铁的氧化还原。
那亮闪闪的是铁汁，那黏稠的浆液是炉渣。
哈拉库图人就要开炉放铁了。
就择这个吉日给你们合婚吧。
哈拉库图钢铁的红牡丹就在夜半准时开放了。
我们乌黑的面孔并排俯帖在炉前的地面了。
瞪着大眼，张开雪白的牙齿，屏住气息，
像孩子们端详老母猪下崽。
夜是漆黑的。山是漆黑的。水是漆黑的。
唯有这里最红最亮最开阔最喜人。
好美好美啊，哈拉库图人浇灌的花朵。
来呀，喜娘，你这小姑娘，别踩上炉渣，
烫了你的赤脚。你踩着露水来吧，穿上绣鞋，
快把妈妈烧好的拌汤替我们担来，多放辣子，
可不要忘了捎上你的梳妆盒。
喜娘，你真是个喜娘啊，瞧你开心的脸儿。
采一朵儿红牡丹佩在你的颊边吧？
采一朵儿红牡丹佩在你的发辫吧？

采一朵儿红牡丹佩在你的胸间吧?
这样的花儿你不是想了很久很久?
喜娘，你看，洛洛倒腾炉膛的那根钢钎
都已烧弯且滴着火浆，像不像蜜糖?
他正和自己的土高炉飞弄眉眼呢，你不妒忌?
来吧，快给他递一团耐火泥，要稠一些。
螺号就要吹响了。为钢铁元帅升帐，我们
将去县府报喜。今日啊是你们合婚的喜日啊。

下篇：红双喜

哈拉库图的铁老鹰展翅了。
哈拉库图的铁老鹰今天立在四个力士肩头
随着大红的喜报队伍进城逛逛去。
好多的红旗。好多的车马。好多的锣鼓。
哈拉库图的铁老鹰仿佛古代的武士披红游街，
风流倜傥，受到万人喝彩。
今天，哈拉库图人的铁老鹰真光荣。
真光荣，哈拉库图的幸福鸟。
你啊，炼铁工人洛洛，庄重地笑了。
你啊，炼铁工人喜娘，庄重地笑了。
你们今夜在炼铁炉前走向幸福的婚礼。

（1959 年）

长江伸出摩天手

黄声孝

长江伸出摩天手，
半截耸在云里头。
提出山河当墨砚，
碧空画出天宝图。

装卸英雄站九霄，
扭住电关如雷吼。
万国九州随我转，
补天换日移北斗！

天大力量来自党，
心怀建设高速度。
端起长江大洗澡，
冲掉贫穷和落后。

五湖四海穿新装，
天南地北铁牛跑。
高楼幢幢新世界，
天堂怎比长江好！

（1960年）

刻在北大荒的土地上

郭小川

继承下去吧，我们后代的子孙！
这是一笔永恒的财产——千秋万古长新；
耕耘下去吧，未来世界的主人！
这是一片神奇的土地——人间天上难寻。

这片土地哟，头枕边山、面向国门，
风急路又远啊，连古代的旅行家都难以问津；
这片土地哟，背靠林海、脚踏湖心，
水深雪又厚啊，连驿站的千里马都不便扬尘。

这片土地哟，一直如大梦沉沉！
几百里没有人声，但听狼嚎、熊吼、猛虎长吟，
这片土地哟，一直是荒草森森！
几十天没有人影，但见蓝天、绿水、红日如轮。

这片土地哟，过去好似被遗忘的母亲！
那清澈的湖水啊，像她的眼睛一样望尽黄昏；
这片土地哟，过去犹如被放逐的黎民！
那空静的山谷啊，像他的耳朵一样听候足音。

永远记住这个时间吧：1954 年隆冬时分，
北风早已吹裂大地，冰雪正封闭着古老的柴门；
永远记住这些战士吧：一批转业的革命军人，
他们刚刚告别前线，心头还回荡着战斗的烟云。

野火却烧起来了！它用红色的光焰昭告世人：
从现在起，北大荒开始了第一次伟大的进军！
松明都点起来了！它向狼熊虎豹发出檄文：
从现在起，北大荒不再容忍你们这些暴君！

谁去疗治脚底的血泡呀，谁去抚摸身上的伤痕！
马上出发吧，到草原的深处去勘察土质水文；
谁去清理腮边的胡须呀，谁去涤荡眼中的红云！
继续前进吧，用满身的热气冲开弥天的雪阵。

还是吹起军号啊！横扫自然界的各色“敌人”，
放一把大火烧开通路，用雪亮的刺刀斩草除根！
还是唱起战歌啊！以注满心血的声音呼唤阳春，
节省些口粮作种子，用扛惯枪的肩头把犁耙牵引。

哦，没有拖拉机、没有车队、没有马群……
却有几万亩土地——在温暖的春风里翻了个身！
哦，没有住宅区，没有野店、没有烟村……
却有几个国营农场——在如林的帐篷里站定了脚跟！

怎样估价这笔财产呢？我感到困难万分，

当我写这诗篇的时候，机车如建筑物已经结队成群；
怎样测量这片土地呢？我实在力不从心，
当我写这诗篇的时候，绿色的麦垄还在向天边延伸。

这笔永恒的财产啊，而且是生活的指针！
它那每条开阔的道路呀，都像是一个清醒的引路人；
这片神奇的土地啊，而且是真理的园林！
它那每只金黄的果实呀，都像是一颗明亮的心。

请听：战斗和幸福、革命和青春——
在这里的生活乐谱中，永远是一样美妙的强音！
请看：欢乐和劳动、收获和耕耘——
在这里的历史图案中，永远是一样富丽的花纹！

请听：燕语和风声、松涛和雷阵——
在这里的生活歌曲中，永远是一样的悦耳感人！
请看：寒流和春雨、雪地和花荫——
在这里的历史画卷中，永远是一样的醒目动心！

我们后代的子孙啊，共产主义时代的新人！
埋在这片土地里的祖先，怀着对你们最深的信任；
你们的道路，纵然每分钟都是那么一帆风顺，
也不会有一秒钟——遗失了革命的灵魂……

未来世界的主人啊，社会主义祖国的公民！
埋在这片土地里的祖先，对你们抱有无穷的信心；

你们的生活，纵然千百倍地胜过当今，
也不会有一个早上——忘记了这一代人的困苦艰辛。

是的，一切有出息的后代，历史珍视革命先辈的遗训，
而不是虚设他们的灵牌——用三炷高香侍奉晨昏；
是的，一切有出息的后代，历来尊重开拓者的苦心，
而不是只从他们的身上——挑剔微不足道的灰尘。

……继承下去吧，我们后代的子孙！
这是一笔永恒的财产——千秋万古长新；
……耕耘下去吧，未来世界的主人！
这是一片神奇的土地——人间天上难寻。

（1962年12月至1963年1月24日，虎林－北京）

林区三唱·祝酒歌

郭小川

三伏天下雨哟，
雷对雷；
朱仙镇交战哟，
锤对锤；
今儿晚上哟，
咱们杯对杯！

舒心的酒，
千杯不醉；
知心的话，
万言不赘；
今儿晚上啊，
咱这是瑞雪丰年祝捷的会！

酗酒作乐的
是浪荡鬼；
醉酒哭天的
是窝囊废；
饮酒赞前程的
是咱们社会主义新人这一辈！

财主醉了，
因为心黑；
衙役醉了，
因为受贿；
咱们就是醉了，
也只因为生活的酒太浓太美！

山中的老虎呀，
美在背；
树上的百灵呀，
美在嘴；
咱们林区的工人啊，
美在内。

斟满酒，
高举杯！
一杯酒，
开心扉；
豪情，美酒，
自古长相随。

祖国是一座花园，
北方就是园中的腊梅；
森林就是花中的蕊。
花香呀，

沁满咱们的肺。

祖国情呀，
春风一般往这儿吹；
同志爱呀，
河流一般往这儿汇。
党是太阳，
咱是向日葵。

广厦亿万间，
等这儿的木材做门楣；
铁路千百条，
等这儿的枕木铺钢轨。
国家的任务是大旗，
咱是旗下的突击队。

骏马哟，
不用鞭催；
好鼓哟，
不用重锤；
咱们林区工人哟，
知道怎样答对！

且饮酒，
莫停杯！
三杯酒，

三杯欢喜泪；
五杯酒，
豪情胜似长江水。

雪片呀，
恰似群群仙鹤天外归；
松树林呀，
犹如寿星老儿来赴会。
老寿星啊，
白须、白发、白眼眉。

雪花呀，
恰似繁星从天坠；
桦树林呀，
犹如古代兵将守边陲。
好兵将啊，
白旗、白甲、白头盔。

草原上的骏马哟，
最快的乌骓；
深山里的好汉哟，
最勇的是李逵；
天上地下的英雄啊，
最风流的是咱们这一辈！

目标远，

大步追。
雪上走，
就像云里飞；
人在山，
就像鱼在水。

重活儿，
甜滋味。
锯大树，
就像割麦穗；
扛木头，
就像举酒杯。

一声呼，
千声回。
林荫道上，
机器如乐队；
森林铁路上，
火车似滚雷。

一声令下，
万树来归。
冰雪滑道上，
木材如流水；
贮木场上，
枕木似山堆。

且饮酒，
莫停杯！
七杯酒，
豪情与大雪齐飞；
十杯酒，
红心和朝日同辉！

小兴安岭的山哟，
雷打不碎；
汤旺河的水哟，
百折不回。
林区的工人啊，
专爱在这儿跟困难作对！

一天歇工，
三天累；
三天歇工，
十天不能安生睡；
十天歇工，
简直觉得犯了罪。

要出山，
茶饭没有了味；
快出山，
一时三刻拉不动腿；

出了山，
夜夜梦中回。
旧话说：
当一天的乌龟，
驮一天的石碑；
咱们说：
占三尺地位，
放万丈光辉！

旧话说：
跑一天的腿，
张一天的嘴；
咱们说：
喝三瓢雪水，
放万朵花蕾！

人在山里，
木材走遍东西南北；
身在林中，
志在千山万水。
祖国叫咱怎样答对，
咱就怎样答对！

想昨天，
百炼千锤；
看明朝，

千娇百媚；
谁不想干他百岁！
活他百岁！

舒心的酒，
千杯不醉；
知心的话，
万言不赘；
今儿晚上啊，
咱这是瑞雪丰年宣誓的会。

（1962年12月记于伊春，1963年2月1—28日写于北京）

浇铸者

李清联

火舌舔胳膊，
热汗双颊流，
股股蓝烟如雾罩，
缭绕身前后。
大钢勺，紧紧握在手。

大钢勺紧紧握在手，
我们炉前来战斗。
撒簇簇钢花，
挑股股红流。
黑黑的砂盘上，
火焰跳荡，
如茫茫草原，
滚一团火球。
呵，多少铸件，
向祖国招手——
长江大桥，
有咱浇的梁；
人民大会堂，
有咱浇的柱；

淮河大坝，
有咱浇的闸；
宝成铁路列车，
有咱浇的轴；
多少钢铁，
巩固祖国基础；
多少机器，
赢得子孙万代福。
看江山如画颜色，
听祖国巨人脚步，
咋不笑呵，
喜泪盈盈夺眶出。
但是呵，
咱心里不满足。
抬眼望世界，
火熊熊，风呼呼。
侧耳倾听亚、非、拉……
喊声、枪声、战鼓声。
还有多少愁呵！
还有多少苦？
还有多少奴隶争自由，
——在浴血战斗。
毛泽东教育的人民，
怎能够，怎能够，
把天下的朋友丢脑后。

砸断手铐脚镣，
还要多少大锤？
劈开黑牢铁门，
还要多少钢斧？
拨散满天阴霾，
还要多少利剑？
开辟灿烂生活，
还要多少犁头？

啊！咱们浇铸，
咱们浇铸，
手握把柄永不丢，
闪光的思想永不锈。
跃身炉前，
烈火中出入，
落脚车间，
为咱无产阶级的事业，
一辈子操心忙碌。

（《诗刊》1964年第5期）

我为祖国献石油

薛柱国

锦绣河山美如画
祖国建设跨骏马
我当个石油工人多荣耀
头戴铝盔走天涯
头顶天山鹅毛雪
面对戈壁大风沙
嘉陵江边迎朝阳
昆仑山下送晚霞
天不怕　地不怕
风雪雷电任随它
我为祖国献石油
哪里有石油
哪里就是我的家

红旗飘飘映彩霞
英雄扬鞭催战马
我当个石油工人多荣耀
头戴铝盔走天涯
茫茫草原立井架
云雾深处把井打

地下原油见青天
祖国盛开石油花
天不怕　地不怕
改造世界雄心大
我为祖国献石油
祖国有石油
我的心里乐开了花

（1964 年）

应该有一双铁人的眼睛

曲有源

同志们呵，
请想一想：
当铁人看见
祖国的汽车
拖着煤气包
在长安街走动，
他当时
是怎样的心情？

假如我们每个人
都有一双铁人的眼睛，
我们就能
在每一项科研项目里
打出一口口“争气井”！

（1977年）

1978

第三辑

2011

节奏感

梁小斌

是血管里迸进了自由的音符
我们灵魂里萌发了一种节奏

清晨上班，骑上新型小永久
太阳帽底下展现我现代青年含蓄的笑容
闯过了红灯
我拼命把前面的姑娘追逐

警察同志，这不是爱情，但是我控制不住
我的灵魂里萌发了一种节奏

我干的是粗活，开着汽锤
一只悠闲的腿在摆动
而那响亮的汽锤声一直富有弹性和力度
连我的师傅也很羡慕

我的师傅不会懂得，我模拟的是圆舞曲的小舞步
我的灵魂里萌发了一种节奏

当黄昏我看见一位苍老的人拉着沉重的圆木

他唱着沉缓的曲调令我难受
我的沉缓中行进的祖国
我迎着晚风，按照我固有的节奏走在了前头
我的亲爱的祖国，亲爱的祖国
我的灵魂里萌发了一种节奏

（1979 年）

现代化和我们自己

——写给和我一样对“四化”无知的人们

张学梦

一

当然不能说
苦恼是欢乐的孪生兄弟。
可是，就在我们给现代化建设
剪彩的最欢乐的时刻，
苦恼也悄悄地占据了
我心房的一隅。
望着
我们宏伟的目标，
我突然感到
精神的苍白、
肺腑的空虚。
仿佛我是腰佩青铜剑的战士，
瞅着春笋似的导弹发呆；
仿佛我是刚刚脱掉尾巴的
森林古猿，
茫然无知地
翻看着四化的图集。

我苦恼
知识库房的
贫困，
脑海里
那几毫升文化之水，
已经濡不湿龟裂斑斑的
干涸基底。
“什么是现代化？
你能为她干些什么？
你掌握着哪一种科学武器？……”
难道能这样地响亮回答——
“我无知。”
相信吧
这是一条生硬的淘汰法则，
相信吧
这是一条无情的进化规律：
跟上队伍的
一同前进，
掉队的
终被丢弃。
怎能设想
叫奔驰的时代列车
停下来，
再等你
半个世纪？！
问题是尖锐的，

谁也不能回避！
那么，思考这个问题吧，
现代化和我们自己。

二

党的十一届三中全会公报
响起新颖的汽笛，
她像历史唯物主义的新篇
豁然把我启迪：
过去的
已经刻写在
纪念碑上，
辩证法
很自然地
淘汰着过去。
向前看吧！
重要的永远是现实和未来，
任何东西都会陈旧的——
知识、经验、生命、荣誉……
为了获得永不衰竭的力量，
必须不断地把新的营养汲取。
我读着公报，
看见一扇布满铆钉的大门
吱扭扭打开，
灿烂展现出

四化远景的壮丽；
看见公报上的铅字
突然向我飞来，
飞来一片陨石雨般的问题：
“你将怎样去实现新时期总任务？
你用什么去推动社会生产力？
思想的银燕有没有从额顶起飞？
臂上小生产的胎记有没有擦去？
你能看懂四个现代化的蓝图吗？
哪些科学家头像是时代的标记？
你认识电子、核糖酸和数吗？
你掌握哪些先进的生产技艺？
你能飞跃吗？
一秒钟几公里？
你懂得几种语言？
能驾驭哪些客观规律？
……
只有革命的热情？
只有发达的肱二头肌？
已经不够了！很不够了呀……”
是的，我知道！
请放心吧，我不畏惧
这些陌生的课题，
现代化建设需要新的知识，
我决心去获取！
为了不成为永远的傻瓜，

为了能担当起历史责任，
我——
学习。

三

一间破旧简陋的小屋
冒着沥青的有毒烟气，
这里埋藏着
科学的双星——
居里夫人和居里。
他们在干些什么？
不知疲倦地搅拌着
矿渣，
像一对
古罗马的奴隶。
你知道吗？
那把打开原子时代大门的钥匙
就是从那十吨矿渣
和他们的心血中
提取。
怎能不赞美
那水晶一样透彻的心灵？
那创造性的艰苦劳动？
那锲而不舍的毅力？
同志，当你需要一个科学的灯塔、

当你需要榜样的时候，
我建议
向居里夫妇
学习。
不学无术不过是清醒的白痴，
炫耀愚昧粗野早该受到鄙夷，
浮到现代科学文化的水平线上来吧，
别像沙蚕似的匍匐海底。
祖国的四个现代化刚刚起步，
愿我们都能和她并驾齐驱。
人的现代化容易吗？
这可不能比做
换换帽子或衬衣，
哲学上
这是个痛苦的扬弃过程，
如同一只第四纪的猴子
艰难地攀援着
一道道进化的阶梯。
但是，
和我一样吧，
满怀信心地跨上
新的征途，
不承认自己
是根朽木，
或是一只
不能摆脱介壳的牡蛎。

投入四化的熔炉
任其冶炼，
躺在铁砧上
接受锤击。
我们可以造就！
只要实践那句能动的格言：
学习、学习、再学习。
当然，不是唱一阵高调了事，
不是镀层金镍之类闪光的东西；
要像居里夫妇！像镭！
而不要还是——
精美包装过的——
垃圾！

四

也许，我说得
过分严重了，
你看，我们的日常生活
不是更加平和安谧？！
确实，这个转变
既不像一块大陆的沉没，
也不像一条山系的隆起。
但是，我却感触到
这场静悄悄的革命
是多么深刻、

严厉。
我知道，我还必须
用几箱子药皂
把装心思的地方
彻底洗一洗；
铲除阴暗处的苔藓
和洪泛过后
沉淀的污泥。
像消灭霍乱杆菌
和梅毒螺旋体那样，
消灭
封建的、资产阶级的
低下心术，
用红色的三中全会公报
把全身的血液
重新过滤。
必须这样。
站在同志们中间
心灵不但充实活跃，
而且洋溢着
共产主义道德的纯正气息。
我知道，私生活
并不是个人的珊瑚礁。
像金属晶格似的
一幢幢宿舍大楼的
每个房间，

都上演着时代的戏剧。
家庭
这个摆着双人床、
小书架和碗橱的地方，
这里
你作为丈夫妻，
父母和儿女，
不是中国式的山寨主，
不是小恺撒、伊凡雷帝。
尽情地爱吧，
像马克思燕妮那样
真挚而热烈，
为什么不可以倾诉缠绵的心曲？
为什么不可以欣赏盛开的雏菊？
四个现代化
不要求我们变成
冰冷的“机器人”，
相反，
她将使我们的情感
更加丰富而细腻。
努力使自己现代化吧！
难道这不是一个
烧着了眉毛的问题？
在2000年的门栏上
挂着这样一块木牌：
“愚昧无知的人勿进！”

是真的！是真的！！
学习吧！！！
现代化的人们哪，
我赞美你。

（《诗刊》1979 年第 5 期）

中国的汽车呼唤着高速公路

邵燕祥

五十年代
我曾听到过
中国的道路呼唤着汽车……

渴望着插上风的翅膀
飞驰过家乡、祖国的热土，
飞驰过道旁人家，
飞驰过道旁树，
还有那树头架线的土电杆，
一段段土墙，一间间茅屋，
甩到后边去，
通通甩到后边去——
田野像扇面甩开，
又像扇面收束……

不要牧歌，
不要讲古，
要的是速度！速度！速度！
在加速转动的地球上
有我们新的征途。

再不能仅仅靠小米加步枪，
再不能靠木船打军舰，
再不能靠两条腿，
去追赶十轮卡的轱辘！

在泥泞的路上渥过车，
在崎岖的山道，急转的险弯，
几乎翻车跌下深谷。
但是要前进，
前进是唯一的路。
再不能只是夸耀方向盘，
而安于老牛破车的速度！

高速度！
高速度！
这就是国家的安全，
民族的富强，
人民的幸福！

高速度，高速度；
盼了十年、二十年，
但是直到一九七八年，
中国还没有高速公路！

原野虽然辽阔，
狭窄的公路上

摊晒着三家两户的粮食，
还有缓缓行进的
挂着风帆的架车，
造成多少次磨蹭，停滞，梗阻！

就是在我们心爱的首都，
汽车也往往拥塞于途，
不得不龟行慢步——
红灯，又是红灯！
障碍物，又是障碍物！

太阳有自己的轨道，
行星也有自己的轨道，
不许流星挡路，
在宇宙间运转自如。

啊，我的家乡，
我的祖国，
我的寸金的时间，
我的寸金的热土！

空话不能启动汽车，
豪言壮语也不能铺路。
但我们难道还不能铺一条
高速公路——
有这么多的痛苦，

有这么多的愤怒，
甚至有这么多的血肉
化为我们特有的混凝土！
我的
难以割舍的
亲爱的同志们：
听，中国的汽车
呼唤着
高速公路！

（《人民文学》1979年第1期）

车间和库房

顾　城

呵，你问我工作的地方，
那可是个规模不小的工厂。
厂里有许多新建的车间，
同时也有陈旧不堪的库房。

要说那车间可实在漂亮，
新产品就像流水一样。
可惜这“水”并没有流进“大海”，
几乎都被锁进了库房。

那库房真算是风雨无阻，
耗子和野猫也常来常往，
产品一进去就不断降级，
但要说丢失可是非常现象。

这件事确实有点悲哀，
我也去问过主任、厂长，
可惜他们却总在学什么文件，
那眉头就和锈铁锁一样。

是啊，看见这种头脑就想起库房，
确实比双胞胎还要相像，
从不会像车间般生产、创造，
只会没完没了地积压、存放。

（1980 年）

风暴过去之后

——纪念渤海2号钻井船遇难的七十二名同志

舒　婷

一

在渤海湾
铅云低垂着挽联的地方
有我七十二名兄弟

在春天每年必经的路上
波涛和残冬合谋
阻断了七十二个人的呼吸

二

七十二双灼热的视线
没能把太阳
从水平线上举起

七十二双钢缆般的臂膀
也没能加固
一小片覆没的陆地

他们像锚一样沉落了
暴风雪
暂时取得了胜利

三

七十二名儿子
使他们父亲的晚年黯淡

七十二名父亲
成为儿子们遥远的记忆

站在岸上远眺的人
终于忧伤地垂下了头
像一个个粗大的问号
矗在港口，写在黄昏
填进未来的航海日记

希望的桅杆上
下了半旗

四

台风早早已经登陆
可是，七十二个人被淹灭的呼吁

在铅字之间曲曲折折地穿行
终于通过麦克风
撞响了正义的回音壁

盛夏时分
千百万颗心
骤然感到寒意

五

不，我不是即兴创作
一个古罗马的悲剧
我请求人们和我一道沉思

我爷爷的身价
曾是地主家的二升小米
我父亲为了一个大写的“人”字
用胸膛堵住了敌人的火力

难道我仅仅比爷爷幸运些
值两个铆钉，一架机器

六

谁说生命是一片树叶
凋谢了，树林依然充满生机

谁说生命是一朵浪花
消失了，大海照样奔流不息

谁说英雄已被追认
死亡可以被忘记

谁说人类现代化的未来
必须以生命做这样血淋淋的祭礼

七

我希望，汽笛召唤我时
妈妈不必为我牵挂忧虑

我希望，我受到的待遇
不要使孩子的心灵畸曲

我希望，我活着并且劳动
为了别人也为了自己

我希望，若是我死了
再不会有人的良心为之颤栗

最后我衷心地希望
未来的诗人们

不再有这种无力的愤怒
当七十二双
长满海藻和红珊瑚的眼睛
紧紧盯住你的笔

（1980年8月6日）

高高的橘子树上的刺

傅天琳

你是要划破我金红而甜美的记忆吗
——高高的橘子树上的刺？
不，不会的！
你没有划破赤子的心，
只是损伤了手上可以愈合的皮。

（《诗刊》1980 年第 4 期）

流水线

舒　婷

在时间的流水线里
夜晚和夜晚紧紧相挨
我们从工厂的流水线撤下
又以流水线的队伍回家来
在我们头顶
星星的流水线拉过天穹
在我们身旁
小树在流水线上发呆

星星一定疲倦了
几千年过去
它们的旅行从不更改
小树都病了
烟尘和单调使它们
失去了线条和色彩
一切我都感觉到了
凭着一种共同的节拍

但是奇怪
我唯独不能感觉到

我自己的存在
仿佛丛树与星群
或者由于习惯
对自己已成的定局
再没有力量关怀

（1980 年 1—2 月）

我一边想……

傅天琳

园工怎么这样不公平，
一棵树灌得大醉，
一棵树还饿着；
阳光怎么这样偏心眼，
半边树晒烫了，
半边树还冷着。
这些树的果子都掉了，
我的竹篮子装满了——
我一边想，一边拾着……

（《诗刊》1980 年第 4 期）

雪白的墙

梁小斌

妈妈，
我看见了雪白的墙。

早晨，
我上街去买蜡笔，
看见一位工人
费了很大的力气，
在为长长的围墙粉刷。

他回头向我微笑，
他叫我
去告诉所有的小朋友：
以后不要在这墙上乱画。

妈妈，
我看见了雪白的墙。

这上面曾经那么肮脏，
写有很多粗暴的字。
妈妈，你也哭过，

就为那些辱骂的缘故，
爸爸不在了，
永远地不在了。

比我喝的牛奶还要洁白、
还要洁白的墙，
一直闪现在我的梦中，
它还站在地平线上，
在白天里闪烁着迷人的光芒，
我爱洁白的墙。

永远地不会在这墙上乱画，
不会的，
像妈妈一样温和的晴空啊，
你听到了吗？

妈妈，
我看见了雪白的墙。

（《诗刊》1980年第10期）

一个快乐的音符

傅天琳

一个快乐的音符，
在绿叶间跳荡；
峡谷里那股悲凉的风，
只会把它撞得更亮！更响！

（《诗刊》1980年第4期）

第五十七个黎明

赵　恺

一位母亲加上一辆婴儿车，
组成一个前进的家庭。
前进在汽车的河流，
前进在高楼的森林，
前进在第五十六天产假之后的
第五十七个黎明。

五十七，
一个平凡的两位数字，
难道能计算出什么色彩和感情?
对医生，它可能是第五十七次手术，
对作家，它可能是第五十七部作品；
可能是第五十七块金牌，
可能是第五十七件发明，
可是，对于我们的诗歌，
它却是一片带泪的离情：
一位海员度完全年的假期，
第五十七天，
在风雪中启碇。

留下了什么呢？
给纺织女工留下一辆婴儿车和一车希望，
给孩子留下一个沉甸甸的姓名。
给北京留下的是对生活的思索，
年轻的母亲思索着向自己的工厂默默前行。

“锚锚”，多么独特的命名，
连孩子都带着海的音韵。
你把铁锚留在我身边，
可怎么停靠那艘国际远洋货轮？
难道船舶，
也是你永不停泊的爱情？
但愿爱情能把世界缩小，
缩小到就像眼前的情景：
走进建外大街，
穿过使馆群。
身边就是朝鲜，接着又是日本，
再往前：智利、巴西、阿根廷……
但愿一条街就是一个世界，
但愿国际海员天天回家探亲，
但愿所有的婴儿车都拆掉车轮，
纵使再装上，
也只是为了在花丛草地间穿行。

可是，生活总是这样：
少了点温馨，

多了点严峻。
许多温暖的家庭计划，
竟然得在风雪大道上制定：
别忘了路过东单副食商店，
买上三棵白菜、两瓶炼乳、一袋味精。
别忘了中午三十分钟吃饭，
得挤出十分跑趟邮电亭：
下个季度的《英语学习》，
还得趁早续订。
别忘了我们海员的叮咛：
物质使人温饱，
精神使人坚定……

这就是北京的女工：
在前进中盘算，
盘算着如何前进。
劳累吗？劳累。
艰辛吗？艰辛。
温饱而又艰辛，
劳累而又坚定。
这就是今日世界上，
一个中国工人的家庭。
不是吗？放下婴儿车，
就要推起纱锭。
一天三十里路程，
一年，就是一次环球旅行。

环球旅行，
但不是那么闪烁动听。
不是喷气客机，
不是卧铺水汀。
它是一次只要你目睹三分钟，
就会牢记一辈子的悲壮进军：
一双女工的脚板，
一车沉重的纱锭，
还得加上一册《英语学习》、
三棵白菜、两瓶炼乳、一袋味精。
青春在尘絮中跋涉，
信念在噪声中前行。
漫长的人生旅途上，
只有五十六天，
是属于女工的
一次庄严而痛苦的安宁。
今天，又来了：
从一张产床上走来两个生命。
茫茫风雪，
把母亲变成了雪人，
把婴儿车变成了雪岭。
一个思索的雪人，
一座安睡的雪岭。
雪人推着雪岭，
在暴风雪中奋力前行。

路口。路口。路口。
绿灯。绿灯。绿灯。
绿色本身就是生命，
生命和生命遥相呼应。
母亲穿过天安门广场，
长安街停下一条轿车的长龙：
一边是“红旗”“上海”“大桥”“北京”，
一边是“丰田”“福特”“奔驰”“三菱”……
在一支国际规模的“仪仗队”前，
我们的婴儿车庄严行进。
轮声辚辚，
威震天庭。
历史博物馆肃立致敬，
英雄纪念碑肃立致敬，
人民大会堂肃立致敬：
旋转的婴儿车轮，
就是中华民族的魂灵！

（《诗刊》1981 年第 3 期）

工号 3001

王小龙

那时我个子矮
为这，我从来没骄傲过
中学毕业了
我们已经学会站队
进厂报到的那天，我
还是最后的一个
我才遇到了它
——工号 3001

读上五十八遍
也不明白它意味着什么
那时我太年轻
每一阵风都在嘲笑我
也许这数字代表很多很多
也许……我只是多余的一个

渐渐地，它和日期一起旧了
工作服也旧了，还是太大
难看地拖着，拖着
可是我像他们一样

绷着脸干活，吆喝
满不在乎地吐出变幻的烟圈
为什么还笑我
笑我不长个
也许是遗传决定的，妈妈
也许因为这该死的数字
——工号 3001

它像神话里的一句咒语
像断裂的一截音符
古怪得不可捉摸
我听到了它，遥远的
一串信号，像一群人的呼唤
原来它一直在寻找，寻找
五年了，我离开那个地方
高高的厂房群下
有一间小屋

水渍画出马和海岸的天花板下
我读着第一首小诗
他们听着，莫名其妙地点着头
我扔得远远的一个核桃
在空地上
长成一棵树，矮矮的

我一个一个地想起很多人

他们还在那里
干活，吆喝，抽着烟聊天
他们笑过我
他们爱过我
这就是说，我
曾是他们中的一个
——工号 3001

（1981 年）

机器在城市里做巢

顾　城

机器在城市里做巢
抖着金属的羽毛
黑色的呼吸缓缓上升
掩藏起一声声尖叫

汽车像光亮的甲虫
在危险的兴奋中飞跑
人群向四面散去
空隙结束了寻找

在煤渣筑成的山上
有一只潮湿的小鸟
它还没学会飞行
不断站起又跌倒

它浑身沾满了煤屑
却在快乐地嬉笑
这也许是最纯的幸福
——什么也不知道

（1981年）

建设者（一）

顾　城

在锡纸般闪亮的
云层下面
你拿起一块红色的砖
又拿起另一块
轻轻敲敲，把它们放平
放得那样整齐
你愉快的微笑
使人想起一个小学生
你就是那样整理着心爱的图书

终于，你抬起身
沿着巨大的脚手架
走向天空，你好像
要去抹平锡纸般闪亮的云层
让它映出一个崭新的城镇

（1981年）

建设者（二）

顾　城

一粒红豆
从洁净的信纸当中
滑出去，落进铁皮哨里
它感到了年轻而火热的呼吸
它像心那样跳动了
发出一座森林的欢叫
一个普通的青年吹着哨

庄严地举起右手
一架塔吊在哨声中醒来
慢慢慢慢地站起
像一个幸福的巨人
举起了深蓝色美丽的星空

组装已经成功
人们踩着喧哗的石子路
走回家去，走向
亲切的语言和灯光
醒来的塔吊没有走
它在陪伴沉默的吹哨青年

青年没有家
没有一盏需要窗帘的灯
他把温热的哨放在胸前
静静地念着一个名字
那名字属于遥远的南方村落
属于爱，属于红豆的家乡

（1981年）

前额上的玫瑰

梁小斌

通过车间里巨大的钢窗，我正向外仰望，
忽然，那意外飞来的小齿轮，
把我的前额砸伤。
亲爱的师傅你不要惊慌，
这好像是在昔日的战壕，
我想欣赏美丽的星星，
而忘记了子弹，
只顾自由地抬头向夜空瞭望。

这一天早晨，
生活终于将她的印迹打在我的前额上。
而这时，全部音响，
正为窗外的日出放声高唱。
我感觉很好，
我将带着额上的玫瑰，
走向没有血迹的未来时光，
当头颅被绷带舒适地扎好，
我是否承认这是创伤？

（1981年）

给青岛造船厂

李小雨

我们造船，我们造船！
我们造能飞遍世界的翅膀和轻帆。
无数沉重的钢板落在我们脚下，
又锻打成无数柔软的羽毛和鳞片，
我们披挂起来了，我们就要出发，
要和海鸥、鱼儿一起穿过汹涌的海面，
在异国炎热或寒冷的港口，
在高耸或低洼的路边，
我们漂浮的陆地使整个世界都缩小了，
一抔黄土带来了黄河、长城的春天！
给我们翻译问候，
给我们翻译微笑，
阳光下只有一句不用翻译的语言
我们的船！

我们造船，我们造船！
我们造强大的轮机，平稳的甲板。
强大的轮机就是我们自身，
十亿双手臂，十亿张桨片！
十亿颗饱含了痛苦和希望的心脏输送着血液，

这红色的开采不竭的能源！
我们造的甲板是平稳的，
扑天的狂涛下孩子在酣睡，
风雨中仍有无数飘着奶味的摇篮。
我们熔铸、铆接、电焊，
在昨天搁浅的地方刻下永久的吃水线，
然后启航吧，
请把这一切都叫作明天：
胜利、意志、摇篮和
我们的船！

（1982年）

她　们

筱　敏

连路灯也困倦了，
明明灭灭地耷拉着眼睛。
布满砖坯和土坷垃的路上，
走来了上夜班的她们。
　　刚刚把嘬着手指头的孩子
　　放进托婴室的摇床；
　　刚刚嘟着嘴换上厚实实的工装
　　叠起了轻盈的连衣裙；
　　刚刚蒸熟了明天一家五口的
　　馒头和韭菜包子；
　　刚刚离开老人的病床，匆匆忙忙
　　点了一下点不清的粮油票证……
一切都睡着了，睡着了，
她们揉着眼睛走到一起，
抱怨着也不给她们唱个歌儿的晚风。

连晚风也睡着了，
只剩下几颗已经疲劳的星星。

由脚印铺平的道路上，
走来了上夜班的她们。
　　刚刚在剧场里恋恋不舍地
　　告别了飞翔的白天鹅；
　　刚刚伏在中学生的课桌上
　　解出了几道二次方程；
　　刚刚把儿子的毕业证书
　　锁进新打的五斗橱里；
　　刚刚在凉沁沁的台阶上红着脸儿
　　回答了那个怪神秘又怪恼人的问询……
一切都沉寂了，沉寂了，
她们嘻嘻哈哈地走到一起，
开始了今天和明天交接的行程。

我是她们当中
那个总相信人会飞的鬈发姑娘。
我是她们当中
那个会讲小人鱼故事的母亲。
我是她们当中那盏
总也抓不住，总也吹不灭的神灯。
我是那只守候在夜路上
只有她们才能看见的夜莺。

我的歌都是为她们唱的呵，

我的诗全都是、全都是
写给
她们。

（1982年）

野　桥

昌　耀

河上。
远远的桥：
系在黄昏的洲头。
有一个金色的集市。

桥上有一个金色的集市。
有许多匆匆的脚步。
听不到金鸭嘎嘎地叫，只看到金鸭的金羽毛
在黄昏的风里缓缓地飘。

屠夫的肉案
有一段金色的云。
吹糖人的小贩
把金葫芦
吹向了天空。

下游有一个淘金的女工，
和一只淘金的船。

（1982年）

一颗螺丝钉的故事

梁小斌

用冰冷的扳手，
把一颗生锈的螺丝钉拧下，
它躺在师傅那宽厚的手上。

真的无法避开
师傅含蓄的目光。
那颗螺丝钉，
像我的心脏，
由于害怕，
在师傅的手掌上微微跳荡。

我得承认，
它是被腐蚀而生锈。
螺丝钉也会胡思乱想，
它没有能够
很好地闪光。

等待判决的螺丝钉，
它的师傅正看着前方

前方是废品箱，

我得被抛弃，

还是被擦洗后重新拧到原来的地方。

（1982年）

在玉门，一个意念

昌　耀

在酒泉西部盆地，
在玉门，
在出产骆驼草、黑色的金子和夜光杯的地方，
人的纪念碑——
有着现代派变形风格的
人的纪念碑
建造在高高的丝绸古道。
那一座座钢的活动的制品
是具有灵魂的。是具有感情的。
是具有灵魂与感情的妇人们在风中作婆娑舞。
如此日日夜夜。

可是，你们戴铝盔的玉门人呵，
为什么要说她们
只不过是工作在井群上的一些抽油机呢?
而我更愿把她们想象作是在为摇篮中的乳儿
一次次弯腰哺食的母亲。

（1982 年）

北郊工厂的女工

于 坚

北郊工厂有许多漂亮的小伙许多鹰眼都记得你
记得一个穿工装的气质高贵的姑娘扎黄蝴蝶骑红单车
你在黎明驶进上班的人流时世界突然安静了
你按着铃铛像一只美丽的麂子穿过宽肩膀的峡谷
许多胡子脸都红透了像一颗颗在雾中上升的太阳
天天　那些小伙子都找呀找呀慢慢骑在车上前瞻后顾
大家心照不宣你上白班他们也要求上白班了
许多传说　从十八岁就缠着你　许多美丽的传说
说是你收到许多许多红信封有一回手都被烫煳了
说是你很高傲臭美说你发誓决不嫁给当工人的
说是有一天你和一个大兵咔咔咔咔在南屏街上走
为了这个传说有许多大兵莫名其妙吃了小伙子的拳头
又传说是市长的儿子招来许多叹息诅咒羡慕嫉妒
据说有一个弹吉他的铁匠为你自杀了又说疯掉了
这些天北郊的小伙子们吐出的烟圈比大烟囱还浓
又传说你上夜大了学英语夜大的名额一下招满了
很多年很多年你是那条路上的希望是人海中的一朵鲜花
很多年许多胸膛敞开着像是一个个等待着春天的空花瓶
终于有一天你出嫁了嫁给煤机厂的一个木工
小伙子相貌很平常很瘦好像你的个子比他高一点

你们公开地骑着单车肩并肩有说有笑穿过那宽肩膀的峡谷
那峡谷于是有点心酸有点后悔有点失望又有点高兴
高兴你找了一个和他们一样骑单车上班的小伙子
高兴你多美丽多美丽的女王呀嫁给了工人阶级
于是有许多自信在你们身后升起来升起来
再后来你当母亲了你的小女孩是一只红蝴蝶
她坐在父亲单车的后架上一家三口还是两辆单车
一只红蝴蝶一朵白茶花一棵橡树你们一家子上班下班
当你们穿过峡谷的时候胡子脸们仍旧呼吸急促
那些钳工铆工车工翻砂工锅炉工电工技术员和司机
望见你心就跳得像锻工房的大汽锤
有一个锻工甚至因为眼睛发直从单车上摔下来了

（1983年）

锻工房

于　坚

锻工是男子汉的工种
男子汉都像这些锻工

锻工房的门是全厂最黑的门
锻工是全厂最下贱的工种
有些年头
锻工房是工厂的流放地
只有天不怕地不怕的好汉
才被发配到这里

钢，当作泥巴捏
火，当作风景看
干活，一段少林拳
下班穿过城市
一块黑煤炭

弱不禁风的年代
才瞧不起这个工种
而一九一七年

这些铁匠

是列宁旗下的一个班

（1983 年）

垦　区

昌　耀

这里是黑土的海。
盾一样闪亮的
是千百张赤裸的脊背。
这里是天涯。

在汗光里
力的轨迹从一点抛向另一点。
犁头爆裂的火花
像汽酒飞逸的喷沫……

这里是车床。
这里是成批出产生命的工厂。
每一块新垦土都还带着新鲜的胎液，
受到阳光的舔舐。
是亿万只蜕变的昆虫在扇动薄翼……

这里是使爱的胚珠萌发的
泥土。是黑土的海。是温床。
是大地一齐舒开的毛孔。

是可塑的意念。
我嗅着海藻般醉人的蒸汽……

（1983年）

烟 囱

于 坚

它和那些穿劳动布的人们
站在一起
就像一个男子汉
爱另一个男子汉
他们从来不相互看一眼
但他们总是站在一起

它一年一年站在那里
抽着又黑又浓的烟
望着云，望着风
望着阴雨的天气
望着城市，长成一片森林
它的心和它的外表一样真实
只有天空知道它的心事

工厂的孩子们
在烟囱下，长成了大人
当了锻工
当了天车工

烟囱冒烟了

大家去上工

（《诗刊》1983 年第 10 期）

一种力量

梁小斌

打家具的人
隔着窗户扔给我一句话
快把斧头拿过来吧

刚才我还躺在沙发上长时间不动
我的身躯只是诗歌一样
木匠师傅给了我一个指令
令我改变姿态的那么一种力量
我应该握住铁
斧柄朝上
像递礼品一样把斧头递给他
那锋利的斧锋向我扫了一眼
木匠师傅慌忙用手挡住它细细的
光芒
我听到背后传来劈木头的声音
木头像诗歌
顷刻间被劈成
两行

（1983 年）

印象：龙羊峡水电站工程

昌　耀

高岸，那些拥塞的屋顶
吹动如一片钟。
我不是为寻找古迹而来。
我不是为寻找神话而来。
小花儿在车辙旁悄声地开。
我想为那些从小花旁远逝的人
唱起先行者之歌。
但在两条印支期花岗闪长岩断裂带之间，
在被开拓的河床，
在河床博深的岩基，
他们如豆的石光电火
已经燃烧了好几个隆冬。
我不是朝圣者，
但有着朝圣者的虔诚。
你看：从东方栈桥，
中国的猎装
升起了梦一样的
笑容。

（1983 年）

献给一个退休的锻工

于　坚

1

高黎贡山中来的黑小伙子
养着一盆水仙是电影院的常客
星期天喜欢擦猎枪擦得比光还亮
很多年了那股豹子味老是擦不掉
他出生于高黎贡山上的一块岩石
钢却教他叮叮当当地说话
他和大汽锤才见面的日子是敌人
它很硬　是用优质钢铸造的
他也很硬　肌肉撞得出火星
后来他胜了　玩得好了　自在了
就像他少年时代玩猎枪一发两中
全寨子的大人都嫉妒这男孩
有人说这小伙子苦憨了
居然喜欢找不着媳妇的工种
但锻工们喜欢他亲热地喊他的绰号
常常请他喝白酒抽好烟

2

他进城时还觉得大都市有点世故
打着铁他还想着故乡呢
想那些树叶子想那些火塘想那些老鹰
但后来他喜欢这高个子的大城市了
他竟从高楼大厦中看出他故乡的峡谷
从那些飞驰的自行车中看见成群的麂子
他竟从那些青沉沉的钢件堆里
感受到他从前在十月那季节里的心境
他甚至说他的伙伴像山猫像狼像野猪
说得锻工们哈哈大笑
有一回他告诉他从故乡来的兄弟
无论在什么地方　只要老实
活得像老家的大怒江那样
就会有人尊敬你　对你好

3

这个小伙子不英俊也不丑陋整天笑呵呵
（世界上多的是这种男人　多的是）
他走在大街上没有一个姑娘会看他一眼
谁也想不到这个工人还是一个男低音
他只是在锻工群中才小有名气才是主角
休息时他们一窝蹲在焦炭堆上
他的山歌唱得那么好那么有感情

几十双翻毛皮鞋为他打着拍子
未婚的女青工躲在工具箱后面屏息地听
回宿舍后一夜都梦见自己变成小船了
当妈妈的也来听开始还敢看他的眼睛
后来她的眼睛垂下去了心跳着走掉了
但这个小伙子谈恋爱永远拉不开键门
舌头像铁一样重脸像铁皮一烧就红
很多年介绍了很多个他还是单身汉
三十岁结婚时全车间都来喝喜酒
他很爱她几乎晚上很少出去串门了
她也依恋他说是和他一起有安全感
她的声音有点像他故乡的一种雀
一种红翅膀的雀　喜欢在松树上做窝

4

他曾经有过那么值得自豪的年代
钟响八点烟囱冒烟太阳把一万块玻璃擦亮
吃过早点夹着饭盒走在有铁锈味的弟兄们中间
炉火红汽锤吼背心湿中午蹲在食堂门口聊天
日子就这么悄悄地流走了
流走了就像他故乡的那条小河
没有记日记没有戴红花没有上光荣榜
这个高黎贡山中来的黑小伙子
头发白了白得像他那身劳动布工装
他天天抽着水烟蹲在厂门口像一尊门神

他望着汽车进进出出望着工人上班下班
有人以为这老头子是孤独得有点疯了
其实他孤独什么呢他锻出过那么多好钢
那么多比他高大比他英俊比他结实比他命长的好钢
有那么多创造世界的汉子朝他点头朝他微笑喊他师傅
他只是喜欢厂门口这片运动的风景
喜欢听那边远远地传来的钢的音乐
他只喜欢蹲在这里就像他爷爷
从前天天领着他蹲在故乡的土坯墙边
看看从黄昏归来的牛羊
听听在黎明中走远的山歌

（1984年）

周末舞会

刘　波

守门人艰难地关上了大门
夜晚和一大群没有舞票的青年
还有我们这些维持秩序的团干
被关在外面
——树叶，不满地沙啦沙啦
霓虹灯惆怅的光
洒在我们的眼睛里

仅仅为了一个周末集体舞会
脱去了工装的年轻人
放弃了电视连续剧
放弃了轻松的聚会
甚至暂时放弃了《古代汉语讲义》
——西装，领带
修饰得那样漂亮
而“太小”的大舞厅
却放弃了没有舞票的
……他们

舞厅。明朗的音乐从彩灯里漏出来

流向蓝色的夜天
喧闹突然沉寂了
——那被拒绝的难堪和抱怨呢
沉淀为一片寂静
寂静。这些青年在门外只是
静静地……听
而我们的心像涨潮上的浮标
在突然的沉寂里
起伏
起伏
不安
打湿了我们的眼睛

我们，老埋怨活动够多了够多了
我们埋怨青年人听“忆苦思甜”缺乏热情
我们埋怨团旗下搞义务劳动的青年
一边流着汗水
一边流着怨言
——耸着肩膀把手摊开
这就是我们向党委书记闹情绪时的
表情

守门人艰难地关上了大门
我们，开始艰难地察看自己的心扉
是敞开的？关闭的？或者半开半掩？
——面对着生活

面对着创造未来的年轻人

啊，舞厅里彩色的灯光
已不单一地注释着欢乐
注释着轻松
从痴痴站着的年轻人的脸上
我们理解了
什么是“大门”

（1984年）

改革者

伊　甸

鹰之尖喙狠狠捅进你的胸膛
铁链咝咝吐着冷气
而你的挣扎依然引爆一场又一场地震

荒原浪游人受惑于海市蜃楼
而你手执罗盘，在岩缝里乃至石头之上
种植鲜红的血液树
也许森林哗哗大笑着崛起
　　（那么幸运儿，历史穿过你的动脉时将多么狂喜）
也许只有沼泽和冰大坂蜂拥而来
　　（那么除了横下身躯当作道路你别无选择）
选择别无选择的命运
我穿过荒漠向长江源头大踏步走去
并且以跃跃欲搏的挑战者风度
向苦难和死亡扔下白手套
决斗即将开始

（《诗刊》1986 年第 11 期）

罗家生

于　坚

他天天骑一辆旧“兰陵”
在烟囱冒烟的时候
来上班

驶过办公楼
驶过加工车间
驶过仓库的围墙
走进那间木板搭成的小屋

工人们站在车间门口
看到他　就说
罗家生来了

谁也不知道他是谁
谁也没问过他是谁
全厂都叫他罗家生

工人常常去敲他的小屋
找他修电表　修手表
找他修收音机

文化大革命
他被赶出厂
在他的箱子里
搜出一条领带

他再来上班的时候
还是骑那辆“兰陵”
罗家生
悄悄地结了婚
一个人也没有请
四十二岁
当了父亲

就在这一年
他死了
电炉把他的头
炸开一大条口
真可怕

埋他的那天
他老婆没有来
几个工人把他抬到山上
他们说　他个头小
抬着不重
从前他修的表
比新的还好

烟囱冒烟了
工人们站在车间门口
罗家生
没有来上班

（《诗刊》1986 年第 11 期）

西部拓荒者

伊 旬

荒原铁青着脸向人类挑衅。你呼啸而去

一亿年如一瞬。时间的死亡是最悲惨的死亡
诺亚方舟早已失踪
你把上帝捏在手心大踏步迈进

漠风把你的脸颊涂成骆驼的颜色
手掌布满山岩的皱褶
一群野马从你胸膛里飞腾而出

太阳伸手可及。地平线抬腿就能跨越
人间恩怨如沙包飘移
唯征服者的道路通向历史深处
银河一般永恒

终于你的每一根毛发长成葡萄藤
四下蔓延
结无数幻想之果

从此你的名字即使是一棵芨芨草

也会有绿色的气息远远播散

（《诗刊》1986 年第 11 期）

被钢水吞没的父亲

默 默

1

天天听
一年四季听
年复一年听
在钢铁雄浑的撞击里
你一次又一次突然浮现
自己的归宿

天天看
一年四季看
年复一年地看
在铁从钢从一种存在化为另一种存在时
你一次又一次突然浮现
自己的归宿

天天走
一年四季地走
年复一年地走
多年了，同样的一条路

等着你回到归宿

和钢铁难舍难分地紧紧地缠绕
一种激荡一种雄壮
一种永远言不及义的悲凉
钢水的瀑布倾泻而下
钢水的红龙猛蹿而下
父亲呀父亲

2

那一天，记得
是一个炎热的端午节
老式黑拎包里装着午餐的赤豆粽子
你的女儿想到屈原就泪流满面
她天天写一页
天呀地呀爱呀死呀的诗
你永远读不懂
走在厂区如画的大道上
嫩黄的美人蕉问你早安
鲜红的鸡冠花对你调皮地招手
你从来不在意这些
心里只有一个日子
领工资，拿奖金
钢水的瀑布倾泻而下
钢水的红龙猛蹿而下

父亲呀父亲

走向厂房
你想哼一支什么曲
哼来哼去都哼不像
一生就要结束
你也没哼出那支歌
你心里充满歌声
徒弟们笑你是著名男走音歌唱家
穿过一团团白鸽弥漫般的晨雾
四周的景象似一幅幅画面
缓缓地展开
那么亲切，那么陌生
多少年了，多少年了
钢水的瀑布倾泻而下
钢水的红龙猛蹿而下
父亲呀父亲

昨天也一样
你的日子里从来没有清越的丝竹声
没有肩扛钓鱼竿的悠闲
坐着发呆
一呆可以呆到天亮天黑
跑东跑西忙碌
一忙可以忙到日出日落
你的耳旁永远响彻老婆天籁般的埋怨

你的眼前永远是垂头丧气的儿子
他又被胸脯高耸的女友吹掉
因为你呀仅仅是一个钢铁工人
天天一样
钢水的瀑布倾泻而下
钢水的红龙猛蹿而下
父亲呀父亲

天天一样
一样的车间主任对你吹胡子瞪眼
一样的微薄的工资单
一样的油腻的工作衣
一样地面对以真理名义撒谎的报纸和电视屏幕
一样的愚弄
二千年没有变化
一样的平均三平方米的小屋
老婆、女儿、儿子和高高大大的你
中国皮肤一样的黄酒
天天一瓶
没有故事，没有传说
钢水的瀑布倾泻而下
钢水的红龙猛蹿而下
父亲呀父亲

休息时你也爱吸一支“飞马”
淡蓝色的烟雾围绕你

像围绕一座上了年纪的高炉
你也爱与徒弟们插科打诨
话语里充满机智的浪花
幽默的绿波

脆亮的铜哨瞿瞿响起
你立刻奔向岗位
谁都可以吹响这把铜哨
这把铜哨换过多少神圣的工头
你已经回到工作岗位
一个人就要消失
一百五十斤钢就要诞生
父亲呀父亲

钢水的瀑布倾泻而下
钢水的红龙猛蹿而下
你头戴藤帽
无面无目地指挥着行车
钢水吞没了你
拥抱了你
紧紧地，永远地
牵着你若有若无的灵魂
一缕轻烟飘飘扬扬
像一阵轻盈的舞蹈
就这样永远没有了你

3

就这样永远没有了你
我的父亲
你每日三餐的嘴
你天天走调的喉
你望儿女深夜归来的眼
你扇老婆巴掌的手
党和祖国赋予你的身躯
就这样永远没有了！
腹中来不及消化的粽子
好像汨罗江底沉浮的粽子
永远等不来复活的屈原
父亲呀父亲

一个事故
仅仅是一个事故
一瞬间
仅仅是一瞬间
这一瞬间执着地伸向远方的铁轨
从A站到B站
载着来来往往的物资
载着蜿蜒的相思
你呢？！
豪华的五星级宾馆地基全部完工
你呢？！

停泊在异国的万吨轮船
骄傲地炫耀遥远的祖国
你呢？！
泻下的如雨炮弹惩罚了敌军
出色的胜仗使将军的胸章叮叮当当
你呢？！
啊遍地是钢
遍地是你
一个一生来无踪去无影的男人！
父亲呀父亲

你消失了
一个人消失了
一百五十斤钢诞生了
一个人消失了
一个月产量指标超额完成
超额一百五十斤
一个人消失了
父亲呀父亲！

（1987年）

玻璃工厂

欧阳江河

（一）

从看见到看见，中间只有玻璃。
从脸到脸
隔开是看不见的。
在玻璃中，物质并不透明。
整个玻璃工厂是一只巨大的眼珠，
劳动是其中最黑的部分，
它的白天在事物的核心闪耀。
事物坚持了最初的泪水，
就像鸟在一片纯光中坚持了阴影。
以黑暗方式收回光芒，然后奉献。
在到处都是玻璃的地方，
玻璃已经不是它自己，而是
一种精神。
就像到处都是空气，空气近于不存在。

（二）

工厂附近是大海。

对水的认识就是对玻璃的认识。
凝固，寒冷，易碎，
这些都是透明的代价。
透明是一种神秘的、能看见波浪的语言，
我在说出它的时候已经脱离了它，
脱离了杯子、茶几、穿衣镜，所有这些
具体的、成批生产的物质。
但我又置身于物质的包围之中，
生命被欲望充满。
语言溢出，枯竭，在透明之前。
语言就是飞翔，就是
以空旷对空旷，以闪电对闪电。
如此多的天空在飞鸟的躯体之外，
而一只孤鸟的影子
可以是光在海上的轻轻的擦痕。
有什么东西从玻璃上划过，比影子更轻，
比切口更深，比刀锋更难逾越。
裂缝是看不见的。

（三）

我来了，我看见了，我说出。
语言和时间混浊，泥沙俱下。
一片盲目从中心散开。
同样的经验也发生在玻璃内部。
火焰的呼吸，火焰的心脏。

所谓玻璃就是水在火焰里改变态度，
就是两种精神相遇，
两次毁灭进入同一永生。
水经过火焰变成玻璃，
变成零度以下的冷峻的燃烧，
像一个真理或一种感情
浅显，清晰，拒绝流动。
在果实里，在大海深处，水从不流动。

（四）

那么这就是我看到的玻璃——
依旧是石头，但已不再坚固。
依旧是火焰，但已不复温暖。
依旧是水，但既不柔软也不流逝。
它是一些伤口但从不流血，
它是一种声音但从不经过寂静。
从失去到失去，这就是玻璃。
语言和时间透明，
付出高代价。

（五）

在同一工厂我看见三种玻璃：
物态的，装饰的，象征的。
人们告诉我玻璃的父亲是一些混乱的石头。

在石头的空虚里，死亡并非终结，
而是一种可改变的原始的事实。
石头粉碎，玻璃诞生。
这是真实的。但还有另一种真实
把我引入另一种境界：从高处到高处。
在那种真实里玻璃仅仅是水，是已经
或正在变硬的、有骨头的、泼不掉的水，
而火焰是彻骨的寒冷，
并且最美丽的也最容易破碎。
世间一切崇高的事物，以及
事物的眼泪。

（1987 年 9 月 6 日于山海关，《诗刊》1987 年第 11 期）

割玻璃的人

向以鲜

手中的钻石刀
就那么轻轻一划
看不见的伤口
纤细又深入
如一粒金屑
突然嵌入指尖
你感到如此清晰
疼痛　是一种词汇
而血则是虚无的意义

清脆的悦耳的断裂
在空旷的黄昏撒落
却没有回声
声音的影子似乎
遁入雕花的石头
这是你最喜爱的声音
纯粹、尖锐而节制
午夜的钟或雪花
可能发出这种声音
那时你会醒来

并且精心数罗

你是极端忠诚的人
几何的尖端常常针对你
准确的边缘很蓝
你感到一阵阵柔情四起
那是对天空的回忆
设想一只鸟
如何飞进水晶或琥珀
鸟的羽毛会不会扇起隐秘的
风浪　让夜晚闪闪发亮？

当浩大无边的玻璃
变成碎片
你想起汹涌的海洋
想起所有的目光、植物
都在你手中纷纷落下

（1987 年 6 月于成都）

最初的工业

西　川

黑夜降临于最初的工业
贫穷的工业。黑夜降临于
梦想的工业：被风雨剥蚀的
蒙昧的铁

围墙起院落，不见人类
熏黑的烟囱侵入天空
大神看到了喷涌的火星
在这北方空旷的原野

这是人类的看得见的胜利
遮蔽一个空心的老太婆
还需要痛苦的乌鸦来喝彩
既然所谓进步便有点邪恶

乌鸦贴地飞翔
一架飞机飞向远方
下沉的太阳被蚊蝇追赶
野草中偃卧肮脏的羔羊

既然黑夜不仅仅降临于
无声的废墟、地契和百日菊
它也降临于最初的工业
贫穷的工业

因而在北方空旷的原野
那看不见的被遗忘的人类
捏造出最后的梦想
有似当年的大神把炉火吹旺

（1987 年）

便条集之 68

于 坚

红色光芒
飞越车间
工人们 表情庄严
像是一群使徒
在等待着上帝
出炉

（1988 年）

赞美劳动

于　坚

我赞美劳动
我赞美一个劳动者
他手臂上的肌肉鼓出来　抡动着锤子
他把黑炭砸碎　弓下腰去
几粒火种　脱离他粗糙的手
爆裂成一炉真正的火焰
火光　照亮了他的脸
把铁砧和整个作坊照亮
劳动　就这样开始
他干的活　是浇铸一批铁链
他肯定用不着这些链子
他也不想　它们将有什么用途
这是劳动　一个冶炼和浇铸的过程
说话的是手和工具
把一批钢坯投进火炉
浇铸成另外一批
废弃的犁头　锤子
从燃烧的煤中出来　成为新的铁链
他的动作和表情没有任何与心情有关的暗示

他只是一组被劳动牵引的肌肉
这些随着工具的运动而起伏的线条
唯一的含义　就是劳动

（1989年）

事件：铺路

于　坚

从铺好的马路上走过来　工人们推着工具车
大锤拖在地上走　铲子和丁字镐晃动在头上
所有的道路都已铺好　进入了城市
这里是最后一截坏路　好地毯上的一条裂缝
威胁着脚　使散步和舒适这些动作感到担心
一切都要铺平　包括路以及它所派生的跌打
药酒　赤脚板　烂泥坑和塌陷这些旧词
都将被那两个闪着柏油光芒的平坦和整齐所替代
这是好事情　按照图纸　工人们开始动手
挥动工具　精确地测量　像铺设一条康庄大道那么认真
道路高低凸凹　地质的状况也不一样
有些地段是玄武岩在防守　有些区域是水在闹事
有一处盘根错节　一棵老树　三百年才撑起这个家族
锄头是个好东西　可以把一切都挖掉　弄平
把高弄低下来　把凹填成平的
有些地方　刚好处在图纸想象的尺度
也要挖上几下　弄松　这种平毕竟和设计的平不同
就这样　全面　彻底　确保质量的施工
死掉了三十万只蚂蚁　七十一只老鼠　一条蛇
搬掉了各种硬度的石头　填掉那些口径不一的土洞

把石子　沙　水泥和柏油一一填上
然后　压路机像印刷一张报纸那样　压过来
完工了　这就是道路　黑色的　像玻璃一样光滑
熟练的工程　从设计到施工　只干了六天
这是城市最后一次震耳欲聋的事件　此后
它成为传说　和那些大锤　丁字镐一道生锈
道路在第七天开始通行　心情愉快的城
平坦　安静　卫生　不再担心脚的落处

（1990年）

死去的时候戴着铝盔的诗人

第广龙

望着摇曳的红柳丛
想起了那个把玉门当作故乡的诗人

凡有石油处
都有玉门人
玉门的石油大哥都戴铝盔
唯那个方脸的汉子是诗人
看上去，却像个老钻工

一口口油井
一遍遍叫着，不停地叫着
叫着你的名字
山山岭岭上
当四月走过来的时候
你留下的脚窝窝
便湿了
便盛满了艳艳的石油花

玉门的一个个地名
被你揣在怀里

现在还保留着你的体温
石油河吹动的风
把浓浓的石油香
揉进了你的身子
手指在落雪的井场划几下
石油就流了出来
就流成了黝黑黝黑的诗章

你已经死了好多年了
死的时候
带走了一顶铝盔
一顶铝盔就是一座祁连山
还被你敲打着
一声一声
都是你血的音响

（1991年）

采石场之夜

张执浩

从敲打到敲打，搬运是后来的事
还有简单的马车、沿途掉落的
声音，和房舍
我看见，石头，从山腰上滚下来的
石头，相互倾轧，像盲目的仇恨
止息于我的半截断趾

群山漆黑，而采石场更白，仿佛
月亮的遗址
此刻，有人正在这里生活，在
石缝间呼吸，在石头后面咬牙切齿
一只幸存的蜥蜴正在翻越一块花岗石
不远处，白马打着响鼻

唉　这样的夜晚，对于我
是沉重的
掘地三尺，我也不能让好梦成真
而移动一块碎石，便有一连串响声
传过去，似乎惊动了黎明
我知道，我不免化为齑粉

但是，有人已经醒来，顺手牵起
钢錾和铁锤，熟练地
爬到了山腰。我抬头
看见月亮，以及月亮里的
这个黑影：他在敲打
用力。再用力。进入了群山的骨髓

（1993年）

伐木工人

广　子

疲倦的中心，
伐木工人在操劳。

巨大的劳动产生幻觉，
遇见黑暗中昨夜的老虎。

飘浮的木床，
抬走月光的车轮。

一棵树站起，
和一个人倒下。

斧头和思想，
新娘和老母。

伐木工人，我是伐木工人。

（1994 年）

赝 事

广 子

凌晨三点。我在仓库里值夜班
凌晨三点过一刻
隔壁的女人在
她一翻身，有人就梦见了大海
一只手淹死在睡眠里
我感到难受
任凭抵抗的骨头一点点瘫软
缩短，像蛇在变硬
我想说但找不到嘴唇

隔壁的女人又开始呕吐
仿佛多年前的下水道事故
距今并不遥远

（1995年）

春　夜

庞　培

一名附近厂里的女工，经过落市的
菜场，手里提着塞满菜的塑料袋，身上
明显的外地人特征：
肮脏，但气色很好；
头发湿漉漉（大概，刚洗过澡）。
我隔她三四步路，在她身后
从烦乱的马路上经过——
天突然热了，刹那间，我想起这是在
三月份，吹过来的风仿佛一股暖流——
行人拥上前，我的脚步变得
有些踉跄——
隔开人群
我能感到她健壮湿润。
我感到夜空深远而湛蓝。在那底下
是工厂的烟囱，米黄色河流、街区、凌乱的摊位。
遍地狼藉的白昼的剩余物。
从船闸的气味缓缓升降的暮色中，
从她的背影，

大地弥漫出

一个叫人暗暗吃惊的春夜。

（1996年）

高速公路

邱华栋

高速的运动，音乐的停顿和持续
把行动送进了冲突！

并且，飞鸟把翅膀收在半空
把羽毛递给了燃烧的空气

那是谁，在岸边收集车流中灯光的残片
扑灭尾气的火花与倒影

并且，城市的躯体因为高速公路的输血
日益变得茁壮，变得心动过速

在这巨大血管里你捏住喉咙，没有歌声
只有寂静，只有群鸟被惊向高空

（1996 年）

风中的味道

庞　培

风中的味道有孤寂的味道
有早晨的大街上不愿醒来的灵魂的味道
有浓雾中的卡车的味道，司机
在后面的翻斗下抽烟

风中的味道有消逝了的哭泣的味道
有别离中亲人的身躯渐渐变得陌生的味道
有说不清的言辞味道——像是在
砸坏的电视机上搜寻图像

风中也有古老的雨水建筑
人们的脚步踩在上面的味道
有坍塌的雪的庭院，去冬的梅
风中有一口不为人知的痛哭的井
有少女们安静的旅行，因为
阳光耀眼而徒增伤感……

风中也有流浪者的味道
有飞过的雨燕身上沦丧的家园
有暴风雨前夕的麦子

有建筑工地的味道：电石灰、水泥
灰浆和沙子——外地来的民工
在升降机前吃喝的味道

有遗忘的味道。独居的味道。自虐的味道
有一个人顿感懊悔时的味道
有罪犯被捕前紧张的味道
有恋人们相互寻觅、眷念的味道
有一名去图书馆查找资料的学者，身上
渐渐衰老的味道
也有走廊尽头的神职人员。身旁的著作
甜蜜的铅字……

风中有阴下来的云层的味道
有旧房子里木格花窗的味道
有书架上的书停止书写后的味道
有室内关闭了的白炽灯泡的味道
离去的客人在楼梯上停下——
一个挥之不去的痛苦念头……

（1997 年）

呼　吸

谢湘南

风扇静止
毛巾静止
口杯和牙刷静止
邻床正演绎着张学友
旅行袋静止
横七竖八的衣和裤静止
绿色的拖鞋和红色的橡胶桶静止
我想写诗却点燃一支烟
墙壁上有微笑和透明的女人
有嚼过的口香糖
还有被屠宰的蚊子的血

这是五金厂 106 室男工宿舍
这是距春节还有十八天的
不冷不热的冬季
这是一个星期天的晚上的
九点半

第一个铺位的人去卖面条了
第二个铺位的人给人修表去了

第三个铺位的人去“拍拖”了
第四个铺位的人在大门口“守着”电视
第五个铺位的人正被香烟点燃眼泪
第六个铺位的人仍然醉着张学友
第七个铺位的人和老乡聊着陕西
第八个铺位没人
居住还有三位先生
不知去向

（1997年）

零点的搬运工

谢湘南

有人睡眠
有人拿灵魂撞生命的钟
有人游走
有人遥望月球而哭泣

时间滑过塔吊飞作重击地心的桩声
一切都是新的连同波黑的静默
不需叉车歌声高过高楼
搬运工寻找动词，鲜活的

鲤鱼，钢筋水泥铸造的灯笼
照亮孤独和自己，工卡上的
黑色，搬运工擦亮的一块玻璃迎接
黎明和太阳

（1997年）

码头上的风景

庞　培

整夜，一只起重机的吊臂升入夜空，
世事沧桑使街道变成遥远的声音。
船闸上灯火落泪，
黎明时天空飘蒙蒙细雨。

整夜，水手抛下缆绳，
江面上浪涛在吃力地翻身。
一名喝醉的乘客在舷梯倒下，
梦中的绿酒瓶呕吐出江水……

噢，粼粼波光酷似一个人混浊不堪的胆汁。
舱内的货物在剧烈震颤！
整夜，收音机微弱的音量时断时续，
值夜班的码头工人揉了揉他酸涩的眼球。

整夜，长江里轮船启动。
相爱的人一天天衰老。

（1997 年）

一起工伤事故的调查报告

谢湘南

龚忠会
女
20 岁
江西吉安人
工卡号：z0264
部门：注塑
工种：啤机
入厂时间：970824

啤塑时，产品未落，安全门
未开
从侧面伸手入模内脱
产品。手
触动
安全门
合模时
压烂
中指及无名指
中指 2 节，无名指 1 节
属“违反工厂　安全操作规程”

据说
她的手经常被机器烫出泡
据说
她已连续工作了十二小时
据说事发后　她
没哭　也没
喊叫　她握着手指
走

事发当时　无人
目　睹　现　场

（1997 年）

折　叠

谢湘南

我喜欢这种方式
我缄默，别人沉湎于往事
我表达，别人在倾心交谈
我行走，行走的继续行走

我散步至海边
我知道我能看到什么
在一辆自行车的黄昏
月光反刍的胃里

一个零件排列一个零件
缓慢也是一种速度
天空总是将一些事物反弹
比方说灰尘，我刚放飞的一个

句子。我越来越琐碎
将背影抱在怀里
在一个快餐盒中
倾注工业的激情和满足

列车被方向藏起来
我想提着自己四处跑
在门缝中四肢拉成直线
有一个问号像一只宿命的螺号

能演奏的都在演奏
我怎么也隐匿不了祖先的尾巴
二胡很好
被设想的声音可说完美

走八十里路长一个脑细胞
在零度里做一把椅子
一场睡眠过后
这些事情都容易办到

是窗户折叠了眼睛
是风筝折叠了飞翔
是我折叠了我的诗
是黄昏折叠了我

在最后出现的衣柜中
我放着一堆时间的碎影
一本书或者被书写的稿纸
和我身上久久不能散去的死亡气息

（1998年）

修筑河堤的工人

陈亚平

他们从水流方向堆砌石头，挖土，面对面
窥望岸边几米的地方，在雾气下
力量方面的，水的几种
快速曲线的一系列冲射，晃动着，逐渐增大
此时，突现在他们视角前面的
是堤岸的，松软土层表面，那种凹陷

在他们脚印下，变形，垮下来
几排浪潮沿一边，机械地上升
碎裂的水沫正渐渐靠近
他们低俯的胸膛

流水与堤岸的上两层
他们伸出，弯曲手臂，笔直沿一条路线
在波浪撞击的中心，传递
平滑的石头，筐子，和口袋里面的细沙
在实际的、巨大障碍上面，他们仰着脸频嚷叫
出声低沉而干脆
被填平的地势不高的小支流，左侧
河水在风中呼号而闪亮

（1999年11月3日）

扳　手

张笃德

想起扳手
往往是在最无助的时候
譬如机器发生故障
螺丝出现松动……

其实扳手很普通
普通得似我们左手和右手
总是在经意和不经意间
被拿起或放下

扳手是工厂最重要的组成部分
是扳手把我们的想法
连同爱岗敬业　爱厂如家
旋紧并固定到骨头里

被拿起的扳手
曾用叮叮当当的亮音
清脆地表达忠诚和幸福的喜悦
如同小伙得到爱情的承诺
激动得足以点燃自己的身体

可如今　大多扳手被放弃了
年轻材质好的扳手
凭着身体的朗阔
硬吃硬地闯天下去了
那些老得掉了牙齿
扭曲变形的扳手们
像败血症患者
锈迹从身体里渗透出来
斑斑驳驳的筋骨
一层层剥落……

我是扳手中的一员
我知道扳手的重量
扳手的沉是真正的沉
是由里往外的沉
沉得让心里有一种格外踏实的感觉

所以　我想对机器说
握住了扳手
就等于握住了命根子

（2000年）

北郊景色，或挽歌

陈　超

冬季的田野：倒空的盘子。
不远处是撞坏的汽车堆积场。
风声零碎，发愁这堆大地无法消化的
起瘤的钢铁橡胶面包。

如同一场梦飞出我的脑袋，
天空满溢成吨的白雪药粉和绷带。
我记得我来到过这儿——
一年前？或十个月前？
那时 D 和我在聊着他新写的诗，
北郊田畴，像被雪花铺成巨大潮湿的稿纸。

“我要买一辆车。”
一辆尚不存在的捷达，
以死神的加速度从二环路上奔驰而出，
扳弯了命运的右手，直到
撞上一年后的驭者 D。

下午五点半，北郊的天空又受到化工厂浊黄的控制。
冬青枯萎，如垂暮者抱头跌坐。

远处有三三两两遛着脏狗的“现代化”娘们儿。
提前到来的有夜晚，
废车堆积像水泥的蛾巢，
亮起冷冷的荧光。

（2000年）

碧色寨的机器

雷平阳

旧时代的铁，风一吹
就是一个窟窿。不知名的野花和青草
扛着它们的腿、胳膊和心脏
若获浮财，喜气洋洋，朝着天空之家
快速地运送。掉下一堆螺丝和轴承
像上帝餐床上落下的面包屑
上帝的牙齿一直没有停过，见山
嚼山，见水嚼水，机器端上餐桌
岂有不嚼之理？旁边的小屋中
住着 90 岁的女人肖雅清，她曾经是
上帝的婢女。这些机器，以前
她见过它们，喷着雾气，在上帝的眼皮下
跑来跑去。那时候，它们意味着
目标、力量和革命，压断人腰
也用不着忏悔。肖雅清说：“我在等死，像铁
等了很久了。”她安静的力量比机器
还妖媚。是的，上帝至今
没有招回她的意思。她比铁还硬，每天还让她
爬一次山，山上埋着机器的主人——
一个法国工程师，上帝的另一个仆人

我到过那儿 1910 年前的教堂
上帝早就走掉了，堆着的另一些机器
似乎一直在暗中，力挺肖雅清
它们浑身抹着厚厚的黄油，知道主人是谁
却又不知道主人为何丢下它们，在哪儿闹革命

（2000 年）

推土机和螳螂

陈　超

快成熟的玉米来不及收割
又一块郊区农田
划作“富豪俱乐部”的高尔夫球场

大地震荡
九辆推土机阴郁地并进
翻涌的留青茬的新土上
有亡命溃退的袖珍国度——
迷彩服的蝗虫陆军
绿军衣的螽斯赤卫队
蝼蛄的红衣长老院
后面是群群皂衣褴褛的难民蟋蟀
和更细小的蚂蚁孤儿院……

一个农妇无端地斥骂
朝推土机欢呼的孩子们
她的双眼哀怨而无告
一只螳螂
在抖颤中挺起身
不屈地迎着推土机仿真

它锋利的双臂合十
像最后撤退的修士
在无助地抗议入侵者
还是在为土地做最后的祈祷

（2000年10月）

正午：嗡嗡作响的光斑

陈　超

一

穿过嵌花铁栅
一个戴窄边帽的男人
解开裤门的纽扣
跌跌撞撞的昆虫
沿弯曲晶亮的湿草茎爬到地上
这是动人的
我想起了童年，在太原
孤单游戏的夏日正午
干坼的黄土被我细小水滴的
排钟洞穿，大地
宁静而宽怀
承载了人性的踢踏和温抚

再穿过铁栅
戴窄边帽的男人
步履轻松，又回到
他的水平测量仪面前
即将推平的旧苏式住宅小区

收留了一个劳动者
含氮的浓烈体味儿

二

那女孩怀抱着
断了带子的大红书包
从斜坡下渐渐大了上来
她的面颊笼罩在
无告的阴影里
紧握的两只小手
骨节因用力而苍白
脚丫小心地绕过
路基边的镐、锹、瓷片

尘埃飘浮
戴窄边帽的工程师
走向这个孩子
他帮她系好绿色的鞋带儿
孩子和斜坡彼此越过了对方

三

有样东西，被置于一块
工地防水布的中央

在正午的光线下
它闪出仿佛是丝绸的质地
蚂蚁小心翼翼沿着边沿
在它上面搔爬、滑下
那是一只橘红色的安全头盔
映出了近处弯曲的花篱

浑圆的寂静
工地在休憩
头盔，你有多么美
听命于化学
顺便把橘子的香味儿吟述

四

推土机驾驶室里
年轻的司机在假寐
工程师的手指
轻轻敲击着驾驶室的窗玻璃
哦，他想起了一段
黄色笑话
急于讲给这小伙子听

推土机的大扁喙
沾满了砂碛、炉灰、草根和泥土
枯燥的劳动

依赖于明快的“性”为之缓解
并且镀上光芒

五

我们，你，他，还有我
即将离开这片旧住宅小区
留恋被越收越紧
心儿在惜别中缠绕、蹀躞
我们看到，铁栅犹在
新翻出的土
却已一车一车冲出了院子

是谁想起了一个主意
招来院子里将别离的孩子们
在正午的阳光下合影
戴窄边帽的工程师
远远望着
他突然朗声高喊“茄——子”
音波撑开了取景框里最好看的
一群小浣熊的表情

六

西西在收拾厨房
刮干净油渍的灶台

阳光邀约了高大白杨的树影
静静地搭在她淡青色的围裙上

对就要告别的老窝
她如此恭谨，殷勤备至
一半出于留恋
一半出于好心
搬空的房子，明天
还要由施工的河南民工暂住

七

我年长日久
埋首于写作
痴迷于幽昧的意象
将它发往乌有之乡
它们像是热情的
但只有我知道骨子里，它们
脆弱，易感，病态
今天，让我变得傻一点
憨实地记下
目力所及的事物的表象

是的，戴窄边帽的工程师
放学的女孩，橘红头盔

推土机和留影，厨房的窸窣
我打算同意它们说服自己
诗，几乎……就在院子里

（2000年5月26日）

地心的蛙鸣

老　井

煤层中，像是发出了几声蛙鸣
放下镐，仔细听，却没有任何动静
我捡起一块矸石，扔过去
一如扔向童年的柳塘
却在乌黑的煤壁上弹了回来
并没有溅起一地的月光

继续采煤，一镐下去
似乎远处又有一声蛙鸣回荡……
（谁知道：这辽阔的地心，绵亘的煤层
到底湮没了多少亿万年前的生灵
没有阳光、碧波、翠柳
它们居然还能叫出声来）
不去理它，接着刨煤
只不过下镐时分外小心，怕刨着什么活物
（谁敢说哪一块煤中
不含有几声旷古的蛙鸣）

漆黑的地心，我一直在挖煤
远处有时会发出几声深绿的鸣叫

几小时过后，我手中的硬镐
变成了柔软的柳条

（2001年）

滇越铁路沿线

雷平阳

铁路沿线有无限风光
风套着风，光堆在光上
声音的粉尘像红色的石榴子
被包裹在壳中。那些高高矮矮的山脉
抱着气团反向飞奔，红河带着
浓重的乡愁流向越南
沿途的法式建筑，它们的黄颜色
是时间的侧影，犀利的棱角
止住了雨过铺车站的那一台子母钟
一切都是旧的，鸡街的一排仓库
存储着三十年代的茶叶、烟土
焦虑、寂静和笑容。在蒙自
一间扳道工住过的小屋里
水门汀地板上，则横陈着上百只老鼠
细碎的骨架，紧张、密集、孤独
它们就像那些被遗弃在草丛中的
蒸汽机车，仿佛真的跑到了尽头……
多少年来，我一直在这条铁路上

来回奔跑，带着烟草、耐力
和内心的风暴，以及一点点旧的忧愁

（2001年）

铁桥下的秋天

雷平阳

从时间的表面可以剥下很多东西
而鸟的步态，就是其中的一种
有人跟我讲，在火车来临之前，作为一种
黑颜色的笨重的机器，火车已经来过
并且他们总是强调，这时间上的差错
完全是因为一个念头，而非时间
正在鸟的行走中倒退，或生出一种
抽象的深度，以及广度
火车到来，首先感觉到的是这座铁桥
它已经生锈，在一些铁交结的缝隙中
形容词一样生动的鸟儿筑起了自己的窝
火车没来的时候，它们到天空里去散步
到附近的山野去觅食，有时还去
很远的村庄叫鸣。它们褐色的小身体
曾经在很多的屋顶上跳舞，或捉迷藏
每当火车来临，它们就待在巢里
交媾或者下蛋。那种巨大的轰鸣的节奏
钢铁与钢铁的交谈，仿佛不来自外界
而是从它们的小身体内发出
我对这些鸟儿充满了忌妒

“鸟很快乐，我很痛苦”这样的话
我又羞于启齿。坐在铁桥之下
我只能看着一列列火车开过来然后又开走
就像秋天的一次次预约，到来，然后
结束整个过程，火车一直在头上奔跑
鸟儿一直在巢里拥抱

（2001年）

午夜的乡村公路

江一郎

在午夜，乡村公路异常清冷
月亮的光在黑暗的沙粒上滚动
偶尔一辆夜行货车
不出声地掠过
速度惊起草丛萤火
像流星，掉进更深的夜色
这时，有人还乡，沿乡村公路
沉默着走到天亮
也有醒着的村庄，目送出门的人
趁夜凉似水
走向灯火熄灭的远处

（2001年）

在东莞遇见一小块稻田

杨　克

厂房的脚趾缝
矮脚稻
拼命抱住最后一些土

它的根苗
疲惫地张着

愤怒的手想从泥水里
抠出鸟声和虫叫

从一片亮汪汪的阳光里
我看见禾叶
耸起的背脊

一株株稻穗在拔节
谷粒灌浆在夏风中微微笑着
跟我交谈

顿时我从喧嚣浮躁的汪洋大海里拧干自己
像一件白衬衣

昨天我怎么也没想到
在东莞
我竟然遇见一小块稻田
青黄的稻穗
一直晃在
欣喜和悲痛的瞬间

（2001 年 5 月）

矿 工

蓝 蓝

一切过于耀眼的，都源于黑暗。
井口边你羞涩的笑洁净、克制
你礼貌，手躲开我从都市带来的寒冷。

藏满煤屑的指甲，额头上的灰尘
你的黑减弱了黑的幽暗；

作为剩余，你却发出真正的光芒
在命运升降不停的罐笼和潮湿的掌子面

钢索嗡嗡地绷紧了。我猜测
你匍匐的身体像地下水正流过黑暗的河床……

此时，是我悲哀于从没有扑进你的视线
在词语的废墟和熄灭矿灯的纸页间，是我

既没有触碰到麦穗的绿色火焰
也无法把一座矸石山安置在沉沉笔尖。

（2004年）

流水线

郑小琼

在流水线的流动中，是流动的人
他们来自河东或者河西，她站着坐着，编号，蓝色的工衣
白色的工帽，手指头上工位，姓名是 A234、A967、Q36……
或者是插中制的，装弹弓的，打螺丝的……

在流动的人与流动的产品中穿行着，
她们是鱼，不分昼夜地拉动着
订单，利润，GDP，青春，眺望，美梦
拉动着工业时代的繁荣

流水的响声中，从此她们更为孤单地活着
她们，或者他们，相互流动，却彼此陌生
在水中，她们的生活不断呛水，剩下手中的螺纹，塑料片
铁钉，胶水，咳嗽的肺，辛劳的躯体，在打工的河流中
流动

流水线不断拧紧城市与命运的阀门，这些黄色的
开关，红色的线，灰色的产品，第五个纸箱
装着塑料的灯、圣诞树、工卡上的青春、李白

发烫的变凉的爱情，或者低声地读着：啊，流浪！

在它小小的流动间，我看见流动的命运
在南方的城市低头写下工业时代的绝句或者乐府

（2004 年）

桥　墩

李木马

它是柔软的　有弹性的
在朦胧的月光下　甚至
它是半透明的
远远地坐到山坡上
看它　一拉溜儿罐装果冻
再仔细一点
瞅见里面悬浮的石子
水草般摇曳的钢筋　鼓胀的力
三个多月　在我的图纸上
一点点变大　垂直误差
不能超过 3 毫米　不能有
米粒大小的麻坑　爱它　恨它
喝了酒管它叫爷爷
“完工后还要冲一个星期的清水浴
不过它吱吱喝水的声音好听极了……”
说像一排大将军
倒不如称它们多米诺骨牌
马虎一点　后面的事想都不敢想
至于它一辈子扛多少分量
至于那被埋没

得不到赞叹的
另一半　旁人很少想过
它胸前挂花放炮的时候
也给我们每人戴了一朵小的
明天　工地要搬家了
我使劲拍拍它们
你想想啊　当你走了　当你倒下
甚至当你没了
还有那么多伙计用你给它们的力气
在天地间　立着呢

（2004年）

赞　美

邰　筐

我赞美那些步行的人
那些沿着平安路或工业大道步行的人
他们用走抵抗着疯狂的速度
是缓的慢的。他们用脑子拉琴用良心吹箫
发出的是一个时代的声音
我赞美那条步行街
那条拒绝机动车进入的街道
它拒绝噪声拒绝污染拒绝宝马车的趾高气扬
拒绝摩托车的横冲直撞
它的左侧栽着银杏，右侧长着木瓜
它是乡村的一棵牵牛因渴望伸向城里的触须
它是道路中的贵族，是一座城池的乌托邦
我赞美那些骑自行车的人
那个单手扶把，在平安路上飞奔的人
他左车把上挂着一捆青菜，左手里
提着新磨的一袋豆浆
在车流人流中，羚羊一般左躲右闪
然后突然拐入某个巷子，融入生活的深处
我赞美那些修自行车的人
那些在羲之路口或星光超市门前

修自行车的人。他们来自城市附近的村庄
拥有朴素而实用的手艺
一会儿给灵魂补补胎，一会儿给命运打打气
他们中有我很熟悉的人
城市管他叫大哥，我管他叫父亲
我赞美那些拉排车、蹬三轮的人
那些在长途汽车站、南郊火车站、华丰个体车站
王庄车站、水田车站、金雀山车站、垃圾中转站——
在成衣批发市场、鞋帽批发市场、家电批发市场
塑料批发市场、土杂批发市场、日化家用批发市场
厨具批发市场、小商品批发市场、箱包批发市场
毛线批发市场、板材批发市场、装饰材料批发市场
以及屠宰场、火葬场拉排车蹬三轮的人
他们是这座城市忠实的搬运工
从一条街到另一个店铺
从繁华地段的商务酒店、夜总会、迪厅
到偏僻之处的洗衣房、练歌房、按摩院
他们搬运着生活必需品、日常消耗品、名牌精品
甚至搬运着假冒伪劣产品、危险品、废品
搬运着进口货、国产货、积压货、紧俏货
我赞美有家不归的人、彻夜不眠的人
像夜游神一样，在这座城市里乱蹿的人
你也许会发现城市的一些秘密，譬如
一辆洒水车在路灯下抛出的弧线
一个老乞丐躲在垃圾箱后面蘸着月光数钱
他也许还会遇到一个女人，并跟她聊起诗歌里的家乡

我赞美一座城市夜晚的安静
却不赞美它藏在夜幕下的勾当
我赞美汽车上的一个轮子
却不赞美它旋转时的疯狂
我赞美一个人思考的偏头痛
却不赞美他的偏执狂
我甚至可以赞美他口腔里的一颗假牙
却不赞美从一颗假牙开始枯败的时光
只有爱，我是不设底线的
哪怕是偏执的爱狭隘的爱自私的爱
我也会由衷地赞美，并不是我对爱缺乏选择
而是因为这个世界
——它实在太空旷太空旷

（2004年）

操作女工二十二点时关于爱情的感受

郑小琼

十点的月亮穿上大海的睡裙在生锈的钢铁上走过
它疼痛时穿过手指的铁屑，剩下这些圆形的
椭圆的，方块的开关操动着线切割机的思念与回忆
它们的沉默沿着干燥的面包屑跟方便面在牙床的针孔上
奔跑，此刻的爱情多像穿过针孔的钢铁，它们无法说出
也无法预定的命运，它是红色的灯，绿色的线，白色的
图纸，和这些明天不知运往何处的零件。十点钟，它
六十度的角度是从四川到湖南的距离，还是父母从反对到
支持的距离，它们此刻的凌乱胜过车间一百台轰鸣的机器

十点钟距离夜宵的方便面还有两个钟头距离，距离爱情
是二千三百公里，还是从我的夜班到他的白班的思念
七点相遇，交班的十五分钟，他的言语温暖了三个小时
或者是一生的快乐与幸福，十点钟的泡沫在平台上停留着
他白天的指纹染上油迹，血肉模糊，他气息的热量渐熄
剩下机台深绿色的铭牌上，他用黑色油污的手写着的
“I love you”字迹也在轰鸣中睡去。她脱下手套
用油污的手在重新写是“我爱你”，想象明天的他
微笑会不会像玫瑰一样盛开，取下“made in China”的模板

（2005年）

穿过工业区

郑小琼

高大的厂房，这些时代的巨轮。鼓荡着
时代的风景，城市豹子的歌声，钢铁迅速
定型成轮状的、块状的，或者细小的元晶
燃烧着时代浑厚的气息，它们即将
——进入车站、海港、货厢车、远洋轮
抵达的是北美、南非、欧洲或者东京

时代之铁之铜之金之塑胶之布匹……
在这里铸、镶、熔、剪、裁……定格成
生活需要的肌肉，丰满而有力的肌肉
带着这个村庄的体温，以及它亚热带的智慧
在车床、刨床、模具、注塑机、缝纫机上洗礼
剪断，成型，它们的尺寸、光亮反复的检验，
成为轮子、螺丝、胶片、玻璃镜、衣袖……
反复在寻找、组合、完整，成为不分离的夫妻
兄弟、父子，成为汽车、电脑、时装、鞋子

它们印上"MADE IN CHINA"，沿着丝绸之路
或者郑和之洋出发，带着瓷的精致，绸的柔软
一个沿海村庄的激情，从流水线、机台出发

带着外乡女工青春的温度，一个搬运男工汗水的
热量，带着黄麻岭的阳光和雨水，抵达巴黎、伦敦
圣彼得堡、佛罗伦萨或者纽约、芝加哥，抵达黄种人
白种人、黑种人的衣、食、住、行、用或者娱乐

穿过工业区，穿过亚热带的树林，穿过光明和幸福，
穿过草木与花朵，机器与锅炉，发电机与高压线
穿过外来女工的交谈与歌唱，穿过工装的劳动者与西装的经营者，
穿过我绿色的乡愁，穿过劳动与沉思，
一些阳光正照在工业区上方的字上
年轻人，快！朝着世界的方向奔跑

（2005年）

工地上

江一郎

在小学校旁边的工地，几个砌墙的民工
见到姑娘经过，就吹口哨
嘘，嘘，嘘嘘
其中那个黑黑的小民工
边吹口哨，边朝姑娘飞吻
夸张的动作，燃烧着野性与激情的
眼神，好像他真的抱着梦中美人
在甜蜜地亲吻
七月的阳光下，他们裸着上身
汗水与泥水不停滚落
见到美丽的姑娘
在哨声和飞吻中，恼怒地离去
他们就开怀大笑
哈，哈，啊哈哈
这些来自异乡的，粗野的民工
笑过之后，往往低着头
长时间一声不吭

（2005 年）

父子民工

白庆国

这是外省的一个建筑工地
距家一千二百里地
他们春天离开家乡
来到这里
家里剩下母亲妹妹
剩下四亩薄田
剩下一匹骨瘦肉紧的驴
因为要还债务
因为父亲还不太衰老

外省的建筑工地上
有时阳光与家乡的一样
照在他们身上
心情就有一点舒畅
但是呼啸的北风
时常吹得他们脊背冰凉

为了省钱
他们从不打电话
遇到非打不可的电话

就是重要的事件发生
比如重病、死人的事
也不知哪里的问题
在工地上
儿子从来不叫父亲
父亲从来不呼儿子
他们像两个陌生人一样
在一起吃饭　干活　流汗
有时为一个问题还争吵不休
谁也不知道他们是父子关系

儿子大概二十挂零
如果给钱顺利
加上老子的工资
明年春季
儿子就能娶到一个媳妇
这是刚离家时的前夜
父亲和母亲的对话

建筑工地上
一座十八层的高楼
即将完工
看起来已经雄伟
但还不漂亮

为了加班

儿子深夜爬在楼顶劳作
父亲在楼下搅拌机旁匆忙
突然一个黑影从楼顶坠下
像天空抛下的一块多余的黑色
儿子的尖叫声把父亲惊醒
父亲束手无策
用箭步冲上去
想用身体接住另一个身体
但是失败了
另一个身体像易碎的花瓶
四散而飞

“儿子”一个强烈的声音
在黑夜中脱口而出
惊醒了睡梦中的人们和天空中的一只飞鸟
父亲跪在地上
把儿子托在怀里
说了声“回家”
便泣不成声

隆冬时节
草草处理完事件
父亲离开了外省工地
坐上了返家的列车
眼神呆滞 神情恍惚
身子佝偻下去

身旁没有了他的儿子

这么重要的事件
他的父亲还是没往家打一个电话

（2006年）

小

白庆国

小的东西容易被忽略

一只蚂蚁
一粒谷子
一片树叶
一枚钉子
一只飞舞的蝴蝶
一名小民工

它们以不同的形式
存在于这个世界

我喜欢小的东西
美丽善良
有微不足道的名字
它们的命运掌握在别人手里
它们的生命可以被另外一些事物随时拿走

因为小命是不值钱的

只要其他的事物都好
就无所谓

（2006 年）

产品叙事

郑小琼

一是从弯曲的铁片开始，从村庄、铁矿、汽车
轮船、海港出发，丢失姓名，重新编号，站在机台边
二是弦与流水线，悸动的嘶叫，疼痛在隔壁，铝合金
图纸，面包屑，线切割机，熟悉的汗水，塑料纸箱的
欢乐与悲伤。三是白炽灯下苍白的脸，工卡、弹簧、
齿轮、卡边、冲压的冷却剂、防锈油，沉寂的加班
四是证件，合格形状、外观打磨、3000 度的炉火抽打
冷却、热处理的加班费，或者炒鱿鱼的雨滴，左交右错的
身体在沙漏中呈现。五是暂住证、健康证、未婚证、流动
人口证、操作资历证……它们排队，缄默着，压着一个
蛇皮口袋跟疲倦的脸。六是螺钉、苍白的青春手臂，欠薪、
罚款、失调的月经、感冒的病历、凋落的眼神，大海辽阔的
乡愁、吊灯里噪音，漂流在远方城市和河流上的工资单
七是方言的机器和宿舍，湖南话在四川话的上铺做梦
湖北话跟安徽话是邻居，甘肃话的机器咬掉了半截
江西话的手指，广西话的夜班，贵州话的幽暗，雨水淋湿
云南话的呓语和河南话的长裙。八是线形的油条，块状的
方便面，菜汤里城市的形状，铜质面具，挂钩，合格单
一块五毛钱的炒米粉，辣椒酱，色素香味剂的可乐
九是伏在故事与童话中的爱情，同居的出租房，没有钥匙

的门，上铺的铁梯子，医院的消毒水，避孕药，分手的泪
腐蚀的肉体，没有根的爱情誓言。十是回乡的车票，一道
门或者槛儿，洛阳纸贵或者身份来历不明的车票，挤在过道
厕所，踮着，压着，你一直想在车厢或者世界找个位置
好好活着，爱着，老去

（2007 年）

卡车之侧

陈先发

卡车之侧，搬运工分成两排
嘟嘟囔囔的两排。蓝色的两排。剪不断的两排。
他们从车厢卸下搅拌机，砂子
塞在搅拌机里的砂子，和成吨的某物。
（我的秃头叔叔和村长的侄子
也在其间）
他们不得不站成他们认为是“无用”的两排
在村长的牙齿脱落之前。
我旋涡一样的视线里，远处梨花点点，白如报应
但搬运工无权懂得什么叫报应。
整个下午，卡车默默地一路向东
气温被控制在 37 度 2
能作为象征物的东西所剩无几

（2007 年 1 月）

通风机

老　井

对着巨大的井筒
借一缕汹涌的电力
它翕动钢铁的肺叶不停地吹气
强劲的气团沿深深的黑洞往
八百米以下走
地心大大小小的数百条巷道
充溢着它清香悠长的深呼吸

众多的煤粉烟尘瓦斯
被风的大手推搡着剥去乌黑的衣服
赤条条地怒骂着
逃向阴暗潮湿的回风巷

矿山的通风机
它喘息的声音扩充着大平原的辽阔
其中沾满了麦子的笑语
乡野的悲喜人间的炎凉
直达在八百米地心
暮春时分 在井下的透过它
深深浅浅的呼吸

我看见了有穿绸衫的花香正在其中
跑来跑去的
听出了两个在花间偷情者欢快的喘息

劳作不息的通风机
也有生病之时那天它偶感风寒
用生锈的肺吃力工作
井下十几个采掘工作面
数千个工人皆憋得汗流满面
像是被黑暗掐住了喉管

（2008年）

在电子厂

郑小琼

1

在桥沥（高速公路与一级公路交叉处，
盆景中的常绿植物，大雨积水洼地）
黝黑的园艺工人尘土似的生活
高速巴士，货车，它们驮着时代快速
转动，黑色的沥青道，白色斑马线
冬青低矮似流水线工人，低头忧郁地
走过，暴雨冲刷着生活的尘埃与不幸
他们谈论着数年未涨的工资，他们谈论
跳槽，双休日，加班费，她们谈论着
欲望，喜悦，悲伤，但她们决不会
像我一样，沉浸在莫名的自卑
谈论着人生的虚无，细小而无用的忧郁

2

被剪裁的草木，整齐地站在电子厂间
白色工衣裹着她们的青春，姓名，美貌
被流水剪裁过的动作，神态，眼神

这是她们留给我的形象，在白炽灯的
阴影间忍受年轻的冲撞，螺丝，塑胶片
金属片是她们的配音演员，为整齐的动作
注上现实的词句，肉体无法宽恕欲望
藏在杂乱的零件间，这细小的元件
被赋予了庞大的意义，经济，资本
品牌，订单，危机，还得加上争吵的
爱情，可以肯定在电子厂，时代在变小
无限的小……小成一块合格的二元管

3

钻孔机在铁上钻着未来，美梦从细小的
孔间投影，红色的极管，绿色的线路
金黄色的磁头间，它们的小，微小
我们在每一件小事或者庸常中活着
啊，活着，小人物，弱小者，我们
活着的，不远处来来往往的人群
他们活在我的诗句，纸间，他们
庞大却孱弱，这些句子中细小的声音
这颗颗脆弱的心，无法触及庞大的事物
啊，对于这些在无声中活着的人
我们保持着古老的悲悯，却无法改变
时代对他们无声的冷漠与嘲讽

（2008 年）

宝山钢铁

陈　仓

呼唤一粒粒沙子
集合一粒粒沙子
他要用上千度的火焰
洗净沙子的身体
洗净沙子的灵魂
出浴之后，千千万万
细碎的沙子纯洁地融为一体
犹如一条最硬的汉子
没有一点杂质
没有一丝裂缝
哪怕梅雨季节，在他的心中
也看不到一丝锈迹

他有时候化作一把剑
握在我们手中
他有时候化作一面墙
为我们遮风挡雨
他有时候化作一对翅膀
带着我们一起飞
更多的时候

他化作一根坚硬的骨头
让我们在风风雨雨中
挺起坚强的腰杆
让我们在冷冷暖暖中
保持着向上的姿势

一粒粒沙子，在一团火周围
团结起来，就是钢铁的力量
如果每一根钢铁都从生活中撤退
我们不敢想象
我们的民族、家和目光
哪怕就是一把不起眼的钥匙
靠什么支撑

（2009年）

一辆开往县城的班车

江一郎

车内已经塞满人，但还是停在路边
捎上一个举着一包被褥的汉子
门再度轧轧轧关上
车开了，那汉子，被褥置于胯下
用力扒开身旁挤着的人
将头伸出窗外
他几乎压在我身上，浓重的酸臭让人窒息
透过积满灰尘的窗玻璃
隐约看见，路边一个老女人站着
像一株孤单的老玉米
却又模糊莫辨
车开出一段路了，车后
扬起大片沙尘
那汉子，头还在窗外
他的手紧紧抓着窗沿，半截
身子在车的颠簸里
笨重地晃颤不息

（2009年）

铸造车间

蓝　蓝

那时我十四岁，熟悉这个车间
所有的工序，并记得
戴安全帽的供应员围着原料转悠
挑选严肃厚实的三角铁板
狡猾的半圆，以及成吨
被削成螺旋状啰唆的铁屑
——倾倒在化铁炉边

工长一定跪着检查黏土湿型砂的目筛
表情像是阎王派来的判官
这些人都深谙砂箱 180 度翻转的奥妙
远远超出对镜子的发明和创造
于是他们也就放任一部模具的法律和
由其造成的空在被空所充满的空的拥挤里
不停地争辩——

乌有才是繁育的秘密：
翻砂工手中的魔术是实与虚的转换——
抑或姑娘们懂得，绣绷上没有樱桃
只有樱桃的影子必须提前于未来，以便

被樱桃替代——当然这是个比喻：
它们是自己的矛和盾，是自己的分裂
和不可分——最终它们一致变成
对创造它们的人的判断——
准备开始浇铸的时候
车间里会突然变得鸦雀无声

直接说吧！——那时我便知道
为了让这一切化为诗
一个人需要冷酷地校准他的翻砂模型
彻底背叛它以获得它最忠诚的支持
并要切记——必须在废料熔化炉中
点燃比愤怒更大的火焰——

（2009年）

矿 脉

老 井

雷暴乍起的时候
谁还吹嘘敢用浅蓝色的闪电
作为自己的纽扣又到了上班时间
我带上矿灯
一寸寸退守至黑暗的地心
阳光从没光临
大雨更不会尾随而至
整片地心闷热潮湿
仿佛散发着整个安徽省的体温
每一块煤中都可能躲藏着
一个尖叫的生命
混淆着一块乌黑的雷霆
我割煤时分外小心
尽管如此
还有一些细碎的炭屑钻入我的肺管内

敢于抚摸雷霆的人
必管雷霆叫兄弟

在上井的时候

我的心里揣上了一座沉甸甸的矿脉

（2010 年）

采石场的女人

王单单

把日子扔进碎石机
磨成粉，和上新鲜奶水
就能把一个婴孩，喂成
铁石心肠的男人。她
抬着一撮箕沙，重量
是离她十米远的草堆上
婴孩的若干倍。现在
婴孩像一架小小的碎石机
初来人间，已学会把上帝
反锁在天堂，用哭声
敲碎大地的门
但她暂时顾不上这些
她只知道，石头和心一样
都可以弄碎；她只知道
熬过一天，孩子就能
长高一寸

（2011年）

车间，我的青春在此搁浅

许立志

白炽灯为谁点亮
流水线旁，万千打工者一字排开
快，再快
站立其中，我听到线长急切的催促
怪不得谁，既已来到车间
选择的只能是服从
流动，流动
物料与我的血液一同流动
左手用于白班，右手用于晚班
老茧夜以继日地成长
啊，车间，我的青春在此搁浅
我眼睁睁看着它在你怀里
被日夜打磨，冲压，抛光，成型
最终获得几张饥饿的，所谓薪水
我听到的打工生活略显疲惫
流经血管，它终于抵达笔端
扎根于纸上
这文字，只有打工者的内心可以阅读

（2011 年）

流水线上的雕塑

许立志

沿着流水线，笔直而下
我看到了自己的青春
汩汩流动，如血般地
主板，弹片，铁盒……一一晃过
手头的活没人会帮我干
幸亏所在的工站赐我以
双手如同机器
不知疲倦地，抢，抢，抢
直到手上盛开着繁华的
茧，渗血的伤
我都不曾发现
自己早站成了
一座古老的雕塑

（2011年）

我就那样站着入睡

许立志

眼前的纸张微微发黄
我用钢笔在上面凿下深浅不一的黑
里面盛满打工的词汇
车间，流水线，机台，上岗证，加班，薪水……
我被它们治得服服帖帖
我不会呐喊，不会反抗
不会控诉，不会埋怨
只默默地承受着疲惫
驻足时光之初
我只盼望每月十号那张灰色的薪资单
赐我以迟到的安慰
为此我必须磨去棱角，磨去语言
拒绝旷工，拒绝病假，拒绝事假
拒绝迟到，拒绝早退
流水线旁我站立如铁，双手如飞
多少白天，多少黑夜
我就那样，站着入睡

（2011年）

心　跳

老　井

只有在深夜两点钟，变压器们的心跳
才可以被巷道顶部的防爆灯看见
钢铁内部埋伏的电流像一群
牢笼中的豹子，低头擦拭自己内心的力量和忧伤
在负八百米地心的变电所，高压开关用工业的牙齿
咬紧入口的电缆。低压设备慢慢翻动着内心
黑暗的琴谱。谁都懒得出声或者踱踱方步
我开始例行的巡查，用沾满地心清泉的抹布
擦去它们脸上涂满的岁月海底之淤泥
电流的梦柔软无边，铺开就是辽阔的锦绣，收紧立刻
变为耸背的刺猬。可以近听而不可以触摸也
我的一只耳朵伏在了大肚开关的腹部
它像根螺丝将我的脑袋，拧在钢铁的心跳和呓语上

（2011年）

一只鹰盘旋在钢梁桥的上空

李木马

在工地上　连续几天
我都注意到了天空中的这只鹰
像滑动的磁针　偶尔
凝固不动
任凭天空的唱盘兀自旋转
水面之上的建设工地
不会有一片土丘　一根草
自然也不会有一只田鼠和野兔
于是　在高处盘旋的一只鹰
成为了纯粹审美意义上的一只鹰
成为让人浮想联翩的一只鹰
一座跨越长江的铁路钢梁桥
一只蔚蓝色的大鹏鸟
包括它铺在水面上
柔软但又不肯随波逐流的倒影
在一只鹰的心目中
定然有着另外的意思
应该是这样的
每一片波浪
都看见了自己在天上的影子

每一片羽毛
都看见了自己在水中的样子
这只鹰　张开的翅膀一动不动
像一小块飞起来的钢板
轻盈　但又严肃　庄重
仿佛替大地上所有的钢铁
在天空中张开了翅膀

（2011年）

月亮从厂区升起

许立志

月亮从厂区升起
撑开了夜幕的伞
你从车间出来，我从安检门进去
白晚班在此交接
机台的光芒略逊于青春的枯萎
螺丝补上了它内脏的残缺
仓库储满夜的粮食
留待夜班的我们
以站立劳作的形式把它消灭
多少日子以来
我对生活保有的，那份虔诚的爱
在机台与机台之间，渐次磨损
丧失的睡眠点不亮一盏灯
生命里的一场大风呼呼刮过
厂区上空的星星摇摇欲坠
我的梦沉睡在凌晨三点的出货码头
天光尽头
月亮从厂区升起

（2011年）

2012

第四辑

2021

拿扳手的女人

邹彩芹

她在给汽轮机安装
七个小东西
她用扳手较紧，用塞尺
找距离
她的腕上没有玉手镯，手指上不戴钻戒
但有一些脏污

她精心从容地安插
七个卧底
四个负责监视，把数据传给她
三个替她看守
让娇小的她
可以控制巨重的它，用转速绵延电流
它偷懒，不可以
它疯狂了，也不可以

（2012年）

我们是彼此的医生

邹彩芹

巨大的叶轮裸露
巨大的转子抽出
是我的兄弟们
握紧大锤、大扳手、大铁杠
松开螺栓
与高高在上的女起重司机一起
奋战几个昼夜
让一台汽轮发电机组
敞开胸膛
停下三年之久的奔忙
让轴瓦、轮叶、定子、铁芯
又见天日

要说些什么呢
这将近二十年的时光里
这座装机容量 240 万兆瓦的火力发电厂
用高分贝声音的海洋
伴我走过美丽的青春
每一年，我和它们中的一个
都要以这种方式见上一面

它裸露出钢铁
我裸露出心胸和爱意

我们是彼此的医生
我能给它体检、治病、康复
它会以素朴的钢铁之身
带我走出尘世的喧嚣之痛

（2012 年）

冬日的工业园

樊　子

在这个寒冷的冬季
我肩膀扛着一根废木，遇到漫天的沙尘
我在一个命名为工业园的地方坐下来

这个寒冷的土地，众多的树木面临休克状态
疲惫的火车整日像个奴隶
一节节车皮把煤炭卸下，又一节节装满再卸下
这些城市依靠煤炭烤火
烤烤僵硬的躯体和虚弱的表情

一些枕木断了，一些钢铁弯曲了
疲惫的火车整日像个伟大的僧人
我肩膀扛着一根废木
在工业园，看见银杏树、水杉和烟筒一样挺拔

黎明的白色牛奶要是放在黑夜里还是白色的
我就相信一些谎言
当废木成为枕木、成为精美的根雕
放在自己的肩膀上就显得不太合适了
我只是一个工匠，一个有手艺的工匠

用锈迹斑斑的工具刀在手臂上刻下：奋斗！

在冬日的工业园，桫椤树塑料模型挂着一盆吊兰
我只有肩上的一根废木
我卸下这根废木，拿起刨子、铁锤和锯
在废木里找自己的锁骨
喧嚣的工业园向来就是寂静无声

（2012年）

工地上，想起一段旧木

郭金牛

我不在工地上，就在工棚里。
下雨。
稍息。
一名木工，男，30 岁。正抚摩一段旧木，不像柳永
落寞时
就抚摸
红楼或青楼的阑干

第三层楼的妞最漂亮。许多年前
我最想娶她。
曾执手。曾泪眼。曾一副欲语未语的样子。
《雨霖铃》中。
我追她到宋代
打电话给柳七

七哥，七哥，
每逢梅雨至，
木工的手，便摸到宋词的某个部位，旧情
很难制止。

青梅。竹马。这样的一段旧木，身怀暗香
无论花多少年
她，从不生枝，散叶，
开花。

（2012年）

建筑工地

陈　仓

四个人席地而睡
像几根随意扔在地上的脚手架
两个人横着，两个人侧着
险些压到了天边的云彩
中午的阳光是一层新染的布
盖着他们
他们头枕一堆沙子
这堆沙子已和水泥搅拌
等着浇灌旁边的房子
这堆沙子很像一个坟头
被隆起的坟头
他们几个人没有呼吸
感觉不到胸脯的起伏
我不能判断他们是不是尸体
但还是不敢打扰这短暂的小憩
一只麻雀跳下
啄乌云投下的影子
无意间啄到一个人的头颅
他醒了

睁开眼睛开始张望
蒙眬得像初生的婴儿

（2012年）

夜行的事物

姜 涛

有人声称，擦去树叶上的灰尘
叶子本是梳妆镜
这镜子本无光，拒绝反射
暗绿的花纹，就是一枚枚图章
私刻了出身

所以，他们从四外飞来
沿了铁轨，桥梁，未完工的大厦
在水库上，蘸水洗脸
或拎编织袋，戴安全帽
被分成若干的小组，泥泞了身子
在睡梦中，脸贴脸

他们的悄悄话，多半是真的
被存进了手机，被发送在星空里
被仗义的小记者，连夜下载
无论贤愚，总有少数人
模样片面、高挑
像一株株蕨类，站在五环以外

但五环以外，有点像溃乱的欧洲
黑魆魆一片片，都是古堡、花园、要塞
他们飞过时，我似乎能听到
引擎轻轻的轰鸣，也闻到了大气芬芳
仿佛喷洒了便宜的清新剂

你说那是雾霾再起？不是的
不是，他们最终会飞远
知情人爆料，地铁旁那片空地
即将有三万西城人填满

草丛与砖缝，即将灯火通明
有人夜间摩擦两股
即将说出漂亮的京白

（2012年）

在柴达木的一个孤坟前

马　行

天上有多少星星
柴达木啊，就有多少勘探队员

孤坟多安静。他不过是扔空酒瓶一样，把柴达木扔在这里
他飞了
像鹰一样

（2012年）

吹过厂区的风带我回到来处

微雨含烟

每日，机器们轰鸣，把四方的厂房
塞得满满当当。

当我从储煤场经过
背阴的地方，有很大的风
仿佛提醒。我匆匆赶往工作室
那风绕过厂区的树木
与我一起，加快速度

一种空旷使周围清晰
一种落下，在我们的通话中
找到应该的位置。

（2013年）

二　哥

王单单

火车开走后，你瘫在一堆杂物中
蘸着汗水给我和父亲写信。那时
你是一个装卸工，每天都在
搬运自己的命

摩托车才停下，又开走
你像一截绷直的链条
在生活的齿轮上旋转出
濒临断裂的声音。那时
城里人称你为摩的师傅

海园庄的立交桥下
你曾孤独地站着，像半截木桩
对着秋风致敬，周围尘土飞扬
那时，你是一个保安
正为你嗷嗷待哺的孩子值班
我看见过你，但没有喊

在马街，你舔刀口上的血，咸
其实，刀口也在舔你，苦

淡看江湖，走回头路
那时，你无所事事
像一个空心的人，到处
寻找自己的心

很多次，我到昆明
没有去你家，径直到翠湖边
找朋友喝酒。醉了后
就在午夜的翠湖北路上
东倒西歪。那时
你总会适时出现，扶住我
小声说：把路走正

（2013年）

工业垃圾

张笃德

工业垃圾　四个字
让诗眼为之一亮　随即
吓出了一身冷汗

什么是工业垃圾　掉牙的扳手
变形的铁钎　裂纹的管材　生锈的机器
缺胳膊少腿的工具　磨破的轮胎
报废的计算机　纠缠在一起的电线
用过的油桶　脱扣的螺栓　玻璃
塑料　旧木材　杂乱的边角余料……

我在工厂工作十八年　流过血汗
受过伤　用过的机器已经老旧
有的肢残　有的扭曲　有的一身污垢
工友们像七零八落的零件
不是在角落里沉默
就是在废品堆胡乱纠结

我曾是工厂中的一员
从金属中游离出来

我还是不是钢铁
或者工业垃圾

吹去浮尘　明亮耀眼
用手掂掂　很沉很沉
敲一敲　仍然有清脆的声响
我断定无论大小　新旧
它们是一块好合金　好铜　好钢
是铿锵作响的工厂里的脊梁

（2013年）

黄石匠

张二棍

他祖传的手艺
无非是，把一尊佛
从石头中
救出来
给他磕头
也无非是，把一个人
囚进石头里
也给他磕头

（2013年）

流水线上的兵马俑

许立志

沿线站着
夏丘
张子凤
肖朋
李孝定
唐秀猛
雷兰娇
许立志
朱正武
潘霞
苒雪梅
这些不分昼夜的打工者
穿戴好
静电衣
静电帽
静电鞋
静电手套
静电环
整装待发
静候军令

只一响铃功夫
悉数回到秦朝

（2013年）

我从一台庞大机器上下来

微雨含烟

一双被烫焦鞋底的雪地靴（这是偶尔才发生的）
从庞大机器的
腰身上踩过

没有人知道，一台体内奔流着
几百度高温蒸汽的机器，冷却以后的空寂
当它静止，我们搬走它体内的螺丝钉，叶片
像搬空一间庞大的房子

好像它从来没有奔腾过，它们
有自己的风雨、追随，颤动的心思
每个月，总有那么几天，停下来
与我们一起休整，流泪。

（2013 年）

下班路上

许立志

晚风吹送着
在风里我听到一位小贩的叹息
一对情侣的欢笑
我听不到日子的逝去
人行天桥上走过更多的我
心藏疲倦，又携带希冀
霞光在眼里溢出来
像盐水，又像彩虹
我像一位送水工
在路灯下，扛着落日回家

（2013年）

炸裂志

陈年喜

早晨起来头像炸裂一样疼
这是大机器的额外馈赠
不是钢铁的错
是神经老了脆弱不堪

我不大敢看自己的生活
它坚硬玄黑
有风镐的锐角
石头碰一碰就会流血

我在五千米深处打发中年
我把岩层一次次炸裂
借此把一生重新组合

我微小的亲人远在商山脚下
他们有病　身上落满灰尘
我的中年裁下多少
他们的晚年就能延长多少

我身体里有炸药三吨
他们是引信部分
就在昨夜
我岩石一样炸裂一地

（2013年）

擦一擦机器的骨头

微雨含烟

为了某种避让，我想象一只鸟
越飞越小的一个点，直至消失。
但随时，它又会回来
告诉我此地以外，大年夜里
顶着风雪疾行的车辆

红红火火的年味，与冰冷的铁
谁才是今夜的主角？
一年一度，我们年长一岁
机器们仍是老样子。周而复始地
旋转，沿着一个方向

你触摸不到大鸟们的骨头
但你能摸到这些机器

——是的，就是这些铁骨头
给我们的夜晚构架了屏障。

（2014 年）

渐老如匕

陈先发

旧电线孤而直
它统领下面的化工厂，烟囱林立
铁塔在傍晚显出疲倦
众鸟归巢
闪光的线条经久不散

白鹤来时
我正年幼激越如蓬松之羽
那时我趴在一个人的肩头
向外张望
旧电线摇晃
雨水浇灌桉树与银杏的树顶

如今我孤而直地立于
同一扇窗口
看着高压电线从岭头茫然入云
衰老如匕扎入桌面
容貌在木纹中扩散
而窗外景物仿佛几经催眠

我孤而直。在宽大房间来回走动

房间始终被哀鹤般

两个人的呼吸塞满

（2015年9月）

落　日

王单单

车过郊区工地，不经意抬头
看见吊机把一个人
送进高空。他站在脚手架上作业
落日经过头顶，像钢筋
在天上扎出的一摊血迹
当我正要，给身边的人们
指出这壮丽的景观时
一束鲜红的光，从他的安全帽上
折射进车窗，似乎是
那个刚刚捅破天空的人
把这沾满血迹的凶器
强行塞进我的手里

（2015年）

韩二哥走了

张新泉

韩二哥走了
韩二哥走了的消息
肯定不会见报

清洁工人韩二哥
爱吹口哨的韩二哥
工资两千，每月寄一千四
给乡间妻子的韩二哥
枝丫间筑巢的画眉
门楼里进出的书包
都认识他，熟悉他
传说小区有一只鹩哥
听见口哨声，就叫：
韩二哥，你好

韩二哥让大院里的垃圾桶
享受宝宝级待遇
平时抹布擦身，节日喷水洗澡
韩二哥休息时，爱用扫帚
写一个女人的名字

是蘸着水写在地上的
等水迹干了，韩二哥才走
韩二哥说，乡下女人，不宜发表

现在是那只鹩哥
在发布新闻，鹩哥说：
韩二哥走了。韩二哥走了

那天，韩二哥俯身
打捞湖中的漂浮物
突然就睡了过去……
抬上岸压胸抢救时
韩二哥吐了很长的一口气
很长，像一声口哨

（2016 年）

挖藕人

剑　男

两只鞋，一只新，一只旧
它们摆在一起
一只干净新样
一只沾满污迹，磨破了底
在它们不远处
几只鹭鸶练习单立
一个人正在湖中挖藕
鹭鸶的腿直而修长
挖藕的人双腿埋在淤泥中
当他在浅浅的湖水中移动
我看见他用手从藕筐旁边
摸出一支拐，像一个
熟练的水手驾驶一艘快要
搁浅的木船，轻轻一点
就把自己缓缓地送到前面的淤泥中

（2016年）

一个人像另一个人

田　力

一个人长得像另一个人
高矮、胖瘦、衣裳、哭笑、鼻子眉毛嘴
两个人都是工人
一个是
转业回来的，另一个也是
一个爱看玄幻小说，另一个也看
一人使榔头，另一个人也使榔头
一个人使铁锯，另一个人也使铁锯
过火车道，都是过三十根
一个工人
长得像另一个工人
都是背转着身子干活儿
不同的一点是，一个在三车间，一个在五车间

（2016 年）

引爆春天的煤

黑 马

请允许我，携带上春天的炸药包
在煤壁上匍匐前进
听一声巨响，震古烁今
春天的烟雾中，新生的煤，散落一地

请允许我，给荒芜的心灵一击
仿佛醍醐灌顶，当头棒喝
仿佛某个册页的断层，有了历史的转折
宝藏的金顶，锋芒毕现

这炫目的乌金，光的旖旎，火的壮丽
——墨玉井喷，扶摇直上
让煤城迎来了春天，桃花在煤壁上绽放
我的心儿是如此炽热
跌宕的旋律，演奏着命运的交响

煤矿醒了，一份春天的邀请函
一份宣布解放的自由书
让生活在底层的煤，有了飞翔的渴望
采一簇雀跃的火苗

照亮多少黑夜与黎明，一睹盛世容颜

煤城：青春的摇篮
让春天住进矿工的心里
让巷道人生，挥洒汗水的青春永驻
让矿灯，上下求索
矿井的深度就是煤炭思想的深度

当飞驰的矿车摩擦出了重工业的火花
春天的煤，已没什么可以阻挡
采掘的队伍在挺进
在煤的版图之上，到处是黑哥们的战场

风镐在歌唱，鼓风机在歌唱
那是开拓者的风采
开采阳光——追寻春天的航向
火！火！火！煤一生最辉煌的语言

（2016 年）

和一颗螺丝一起进入春天

宁 肯

我用一把扳手
叩响春天的门
铁与寒冷的撞击回响在天际

几颗螺丝钉在扳手下醒了
用尽全身气力
拧紧自己，钻入春天
它和我一样
都想让整座铁塔在风中稳稳站立

（2017年）

聚　合

龙小龙

这世间有许多电子、粒子、高分子
我们的肉眼看不见
必须借助第三嗅觉和思维的瞳孔
必须加持智慧的滤镜，和智者的情怀
方能看得清楚

裂变。聚合。不是凭空臆造
一切原料，无论什么颜色，液态、气态或者固态
最初都来源于泥土
它们在一种神秘力量的助推下
进入紧张激烈的时空

在我看来，聚合车间是一所哲学殿堂
聚散离合只是一种相对运动
分分合合，合合分分
就构成了某个时代的精彩绝伦
而无数次壮烈的撕裂，只为一次完美的团聚

在化工厂，聚合车间是一座正能量的反应堆

热能加速了空气的流动
负载水的气体在阳光下变成了云朵
云朵依恋着烟囱
而高高耸立的烟囱，昭示着大地的执着与挺拔

（2017年）

你是否在风电厂吹过风

吴乙一

此去江西基隆嶂风力发电场
海拔 1400 米。凌晨的月亮开始向左
峰回路转后回到右边
头晕。有无数小兽在胸前奔腾
想起老师的一首《夜行车》
中途并没有人下车，“从此没有了消息”
只是我换到前座
替颠簸的月光绑上安全带
发电机上红灯闪烁。同伴聊到
上次拍摄时遇上云海
瀑布云淹没了人间，惊呆了所有人
忆起去年暮春，我跟一位诗人寻找东江源
彼时，竹笋疯长，春水泛滥
宿醉于此乡
谈话间，一层又一层沙砾跟着我们疾飞
……突然就抵达了山顶
仿佛飞机轰鸣，风提着无数把刀子
包围你，刺入你的身体
摇晃。疼痛。麻木。泪流满脸
——你冷吗？

——你感受到风的暴力美学吗？
我们躲在塔下，看着东方既白，晨曦降临
暖黄的阳光打在身上
群山依旧沉默，风依旧猛烈地奔走
风车叶子带着我飞快旋转
好像我也是一座充满力量的发电机

（2017 年）

劈柴人朝手心吐了一口唾沫

张新泉

我看见这个人时
他已劈了一大堆木柴
他的棉帽的两只护耳
鹰翅一般扑扇着
这就让雪被下的木屋、栅栏
有了生气和动感

我经过他身边时
他正好拄着斧柄
狠狠地朝手心
吐了一口唾沫
棱角粗硬的五官
透出灼人的蛮悍……

年轻时在一家打铁房里
我也曾经这么干过
所以我欣赏这类细节
并想象这个边地男人

能将漫空飞雪
淬作蝴蝶满天

（2017 年）

烧炭人

剑　男

在幕阜山上，烧炭人像一只黑熊蹲在土窑前
临时搭建的住处堆满山中的硬木
有栎树、楮树，也有白花檵木和油茶树干
窑火是昨夜生起的，他要赶在寒潮前将炭烧好
这种紧迫感让他身上不断流下汗水
像窑火中的木头，边燃烧边滋滋冒着水气
——你们看，这就是生活本身
没有绝对对立的事物，水火也能在窑中交融
他生起火又把它熄灭，像无事生非
像他这么多年半黑不白的生活
渴望在其中煅烧，又要避免成为灰烬

（2017年）

沿着一条高压线出发

蒲素平

沿着一条带电的高压线路出发
其实就是沿着光和热出发
就是穿过农业、工业、城市、乡村
就是穿过机械、电子、数字化
就是我来了，从生活的深处走向
生活的下一个拐点
就是穿过一群面目模糊的先人

开始走时，双腿有力，目光深远
阳光、铁锈、油漆、高科技，统统
装进一个工具袋
走得稍快一点，就会发出当当的撞击声
虚空的时间，就会停止一会

转过身，是另一个方向，是生活
是疼痛的软肋
而前行，必须穿过烽火、学校、工厂
和一个书本上空空的想象

至于过程，至于脚步

在闪电一下的速度面前被忽视，甚至
被故意遮蔽
对于一个要回家的人，有时
抄点近路
神也会原谅
沿着一条带电的高压线路出发
时间正在衰老，而我
正变得年轻

（2017年）

养蜂车

刘　年

买辆养蜂车，装 200 只蜂箱
我们住的驾驶室，摆台 12 吋的黑白电视

随香而栖，逐花而居
六月开往伊犁，看啊，西天红得发紫
——薰衣草开了
九月开往高原，酿苜蓿蜜
冬月开进罗平，酿菜花蜜

不看花的时候，就看你
看你吃琥珀色的巢蜜
看你将十根手指，一一吮吸干净
看你伸出舌尖，舔着上唇
写到这里，有词语嗡嗡地蠕动起来

（2017 年）

在空中行走的人

蒲素平

远远看上去，就像一只鸟收缩着翅膀
在几十米高空中的导线上行走
远远的，越走越远

他一只手抓着一根导线，另一只
抓着另一根导线
他的双脚踩着一根导线
另一根导线就在他的身边停着
就像爱他的人对他不弃不离

他一晃一晃地在导线上走着
风吹得他的上衣一鼓一鼓的
他像猫一样走着猫步
导线弯曲着。他的目光笔直
汗正从他的背上浸出来
地面上的人看不出他的汗
出了一把又一把

一个过路人对另一个过路人说
看，走钢丝的！

一个过路人对另一个过路人说
呀呀！得挣多少钱啊！

他在阳光下变得生动起来
投下的影子就像一只鸟收缩着翅膀
在田野、在树上、在高速公路上
只管走下去
说快不快
说慢不慢

他远离了时间
他远离了大地
他不说也不笑
像一个文字习惯了在书本里安静

他一边走一边工作
他一边走一边四处看
汗水从他的脸上
从他的身体深处冒出来，他
像极了阳光下一只收缩着翅膀的鸟

（2017 年）

张家界的摩的师傅

刘　年

收了钱，摩的师傅不急于离去，在后视镜里
看黄头发的年轻人，抱情人一样，抱着白发的母亲

凌晨两点的澧兰路，若看到有摩的在转
一定要招手，他急需一个目的地
哪怕下着雨，哪怕洪家关，哪怕只带三块钱

摩的师傅常在庸城码头等，等久了
总有黄槐花落进澧水，总有黄槐花，落在摩托的后座上

（2017 年）

中国制造的高纯晶硅

龙小龙

我看见一种有形或者无形的力量
集合着一支队伍
某种一盘散沙的状态终于凝聚成固体物质
具有前所未有的质感和硬度
引领着时代的元素周期

我看见原始的蛮荒与粗野
经过洗礼、合成、精馏、冷凝和还原
经过深层次的围炉夜话
达成了一次又一次的理解与默契
弯曲的道路被工匠精神的热情拉成了
笔直的梦想

我看见种植的黑森林，和小颗粒的阳光
中国的金钥匙，打开了西方的封锁
赋予大格局的意识形态
那闪烁的半导体，正满怀笃定的信念
走向岁月的辽阔

（2017 年）

1999 年

陈年喜

1999 年　风调雨顺
这一年冬天我去秦岭打工
那一天漫天大雪你送我到公路边
一路上谁也没说一句话
都突然想起这一天是结婚两周年

那一天路过城隍庙
通向山外的路因车辙而蜿蜒
我悄悄许下心愿：神啊
请保佑母子平安
保佑我挣下十袋桂花奶粉钱

在华山脚下给车轮安装防滑链时
我看见屋内电视里神舟一号
绕地球十四圈后在内蒙古着陆
回头之际一辆满载矿石的东风车
哗地坠落山涧

今天 1999 年已经远去了
今天这个艳阳之秋

我们又看见西山那片鹅掌楸
凝着 1999 年的寒露

（2018 年）

阿紫，清明和蜜蜂

郭金牛

阿紫，有关你姐姐的叙事，阿朱的红
染上了汉语
让人觉得，这是可疑的血迹，充满了排它性
这是我不想要的“神”。
雨水节奏缓慢，它要去更远的地图，清明节
已将我想要见的
故去的亲人或敬仰的人
从另一个世界召来，湖北省的某个
墓地
开满鲜花
阿紫，蜜蜂在花朵里搬运彩色的香气
它的嘴和胃，含有细微的糖分
它将酿造蜂蜜，并会交给比他更加勤劳
或者不勤劳的人们
由此可见，它比我公平。

（2018年）

爱读书的服务员

扎西才让

那天午后，身穿棕色皮夹克的胖子
来到店里，他推门时的声响，弄坏了
她阅读《茶花女》时的愉悦的心情。
她有点懊恼，把头偏向一边，不看他。

这个秃顶的中年人身上失败者的气息，
伴着昏黄的斜照，进入了她的日常。

她把书折了页，免得忘记读到了哪里。
屋子的空间有限，似乎只能放下
她和她的想阅读的欲望，但胖子的进入，
使房间里有了一股极度压抑的紧迫感。

他的笨拙又强势的点菜的行为，
使她对职业的选择生出了深深的怀疑。

以至于她那贴在墙面上的姓刘的偶像，
也居高临下地观望着自己的粉丝，

这个身体修长的人间美男子微蹙着眉头：
哎，荒蛮无耻的胖子，你想对她做什么？

（2018年）

更好的人

张执浩

晨起熬粥的人在鸟鸣声中
喝下粥，他清楚地听见
送奶工把手伸进了奶箱盒
晨起看日出的人在山顶的浓雾里
眺望浓雾，哦浓雾
晨起讨生活，终究还是晚了
更好的生活已经名花有主
更多的人像我一样
在梦里艰难地挪动
更好的人配得上这样的
——既新鲜又世俗
他将在碌碌无为中享用
身体里塞满了懊恼与满足
他配得上这样的白日梦
谁也不会去打搅他
他也不会去说服谁

（2018 年）

化工厂的爱情

阿　剑

我看见机器在深夜里醒着。
重型卡车打着灯光的手语。木叶清苦，
片片落满煤、石油与钢铁。

我看见星辰在天上发出多年以前的光。
园区夜晚亮如白昼，忽略节气，
排班表上的睡眠，汇入国民统计数据。

我看见一朵蓝花矢车菊站在自己细小的腰上，
嗅着无论何种空气，拼了命地绽放。

看她摘下安全帽，头发就流出来。
地球就往左边稍微倾斜了十分之一毫米。

（2018 年）

化工厂里的神

阿　剑

1

在工厂，神每天运行在塔吊、管道、釜罐上，乘着电缆，指挥金木水火土，流向大地。

2

在工厂，神有万千化身——透视地下管网的三角眼老张是每天给自己打胰岛素的阀门神。面色黝黑的老王刚送儿子欧洲读书，是熔石补天的管道神。老妇人面相的老杨，黄昏时分沉迷广场舞的老杨是珠算神计算器神。李建国，每天工完场清，家里窗明几净，十年来服侍病退妻子的现场神。唇上长绒毛的小赵，刚从高校毕业，几世修行的冰机神，一根听棒看穿机器五脏六腑。管安全生产的徐老大，留络腮胡子、坏脾气、嗜酒如命，是长年滴酒不沾的菩萨，一念之间拯救万千众生。

3

在工厂，晨钟暮鼓，神每天着工装，满手油污，行色匆忙。夜晚在小酒馆里抽利群、喝土烧，享受尘世供养。滴滴俱自家血汗

（2018 年）

开滦博物馆

东　篱

占地 15000 平方米
建筑面积 7400 多平方米
偌大的一个博物馆
其实，只有三件东西——
一块远古的树化石
镌刻着煤如婴儿一样的孕育与成长
一张国内迄今存世最早的股票
是中国近代工业大门开启的存根
一个羊皮蒙面大账本
笔笔都记录着开滦人的屈辱史、抗争史
和战斗史
历史的长河
把它们冲积、折叠成一座高山
让无数人仰望了 140 年
这背后，一直站立一个人
他是我的祖父
也是我的父亲
跨越三个世纪
他的目光，始终如矿灯般

照耀我

他们有一个共同的名字

叫，矿工

（2018 年）

勘探老工人胡老六

马　行

勘探队驻地，望不到边的戈壁滩上
有一棵树，一棵老榆树

胡老六啊，夏天在老榆树下乘凉
冬天背靠着老榆树晒太阳

风起的时候，老榆树的叶子一片片地落
胡老六的胡子一颤一颤的

没人说得清，他是一棵老榆树
还是老榆树本身就是他

老榆树越来越老，他也越来越老
老榆树一动不动，他也不动

他和老榆树，似乎都要
睡着了

（2018年）

轮或者回

张新泉

园艺工的剪子
有展开的折扇那么大
动剪之前，他们习惯
活动一下工具，咔嚓，咔嚓
植物们纷纷挺直腰板
等待修面，理发

据说种进土里的逝者
长成植物后，都很精神
亲朋好友经过时，它们会
突然变成一只蝴蝶
飞过来，亲你一下……

（2018年）

在打铁房洗澡

张新泉

这种澡，我洗了六年

将一砣毛铁
烧至半死
再令它把一桶凉水
烫出白烟

门窗俱破，武斗炽烈时
惧裸死，防流弹

书在砧磴上等我
冷硬的锅盔、馒头
遇砧就软……

从未洗至眉清目秀

沦为文人之后
擦尽煤烟、汗渍之后
须眉白如降旗

唯有嵌进骨中的铁屑
由黑而红，在寒凉时暖我
逼至绝境，会亮成刀尖

（2018 年）

赵各庄矿

东 篱

它是小镇一条废弃的血管
淌着发黑的脓血。但有个好听的名字——
石榴河。它从我的半简易房西侧
平静地经过，没有理由，没有歉意
我在大地上行走，它在大地上流淌
我们平行，但它干扰了我的生活

石榴河的源头，是一座荒山
因矿山铁汉侯占友之故，人称猴山
登山南望，首先看到的必是高高的井架
旋转的天轮。矿灯矿帽矿衣矿靴的矿工
才陆续登场。黑黑地。上来洗澡，喝酒
喝酒时要骂娘，然后红脸醉眼地回家
他们下井采煤，我上班教书
我们平行，但他们干预了我的生活

五矿同盟大罢工的发起地
刀劈鬼子兵的节振国战斗的地方

我在此只生活了十年
但它影响了我大半生

（2018年）

出租屋的顶楼

苏仁聪

六个水箱均匀放在楼顶，所有工人的生活用水
都在这里啦。几块烂砖头支着烧烤架
似已很久没人来过，静止的风
晚霞烧成炭火，岭南起伏的小山
工业区，村庄，高速公路，轻轨
大片棕榈，断裂的砖头堆旁站着父亲
天际线那么平，那么远
火电厂的烟囱升入傍晚的天空
只有眼下的院坝是杂乱且喧嚣的
卡车运来砂石，挖掘机平整过后
压路机压紧。低矮的工人在黄昏中
砌墙。洒水的是我的父亲，他戴着口罩
水管像是喷出铁水，火电厂的冷却塔
身影已模糊，后来我无法分辨院坝中谁是我的父亲
谁是我那个刚死去哥哥的贵州老乡
谁是老板，谁是工头
黑暗是平等的，它笼罩大地，每个人都点得起灯
路灯也不用付费，我借着最后一点太阳的亮光
下楼。每一层都是炒菜和接水的声音

我相信这是个祥和的夜晚，在我走下楼顶之后
一切喧嚣都会结束的

（2019年）

储集层

崔完生

这是又一个人体标本
躺着，活着
在最小的空间，说
让时光在石头的中间停下来
等我，等你

九窍闭关
世中世外有谁能还原初心
心若抽空
缘分孽债也不再互相抵近

天堂与地狱不知道有没有门
其间一定有过渡的厅堂
我们可以停留、可以穿过
却不能言说
一座火山被熄灭的疼痛

（2019年）

穿越星宿的针孔

郑小琼

穿越星宿的针孔，警示器像黄昏中的
乌鸦停在钢针机上嘶叫，煤气灯分割的
月亮，它四分之一的光与阴影，被酸液
灼伤的皮肤，除锈剂在太阳的深处清洗
昼与夜。铁，一根工业的肋骨，抚摸
饱受铁伤害的城市。生存在切割机下
断裂，消逝，绝不妥协。

下午沿着螺丝的纹路徐徐而行
拽入黑夜的沼泽，佝偻的月亮像
职业病患者，在雾霾下咳喘。超声波
起伏、降落，像不知疲倦的饶舌歌手
它不知风趣，睡意从机台爬出来
落在我的睫毛上，绿色的指示灯闪烁
机械手从电镀水池取出一捆捆亮晶晶的
黎明。生活从移动滑轮上经过，流逝
沉入工业废水池。

启动器迅速沉入酸液，黑夜脱去
它的黑衣裳。月亮，夜的警报器，

它亮着，雪终于没落下。电镀液冒出的
浓烟与泡沫，一块铁片在死去或诞生
疼，变得迟疑与疲倦，它们被塞入
热处理闷罐，月亮，从天空巨大容器里
逃逸。生命因于天地间，像铁
在热处理后变得坚硬

（2019年）

分拣女工

王二冬

月亮升起于夜空，照耀着分拣场地
——这郊野的中心，在城市的睡眠中
忙碌如春耕。她站在操作台前
是众多女工中毫不起眼的一朵
扫描、转身、投篮筐，回位、扫描……
无数次重复同样的动作，已是第九年

她时常产生错觉：自己像一名舞者
千万个快件奔跑着来看她的演出
每一次俯身都是与观众互动
这样想时，她就会回到双腿直立的青春
那时的她是一名真正的舞者，是东河西营
最美的蝴蝶，时常落在一枚
绿色的邮包上，跳着倾诉爱情的舞蹈

砰——每一次都被同样的声响惊醒
一切都变成了至今没有寄出的信
她偶尔也会痛恨生活，快件
像一只只蚂蚁，挠着她的心
但当她看到那些不同的家庭地址

不同封装的包裹，她就平静下来

有女儿给父母寄的异乡风光
有妻子给丈夫编织的家庭温暖
有妈妈给新生儿购买的成长喜悦
她的三个身份就会逐一回到灵魂
生活的踏实赶走往日的悲伤
流水线上的快件依次赶来为她鼓掌
——这人生旅途中最美的舞者

（2019 年）

盖 层

崔完生

融化的雪叫做水
有的向上、有的向下
不融化的心叫盖层
停滞在自己的位置
封死岁月之间的串供

岩石中锻造岩石
分开水与火
岩石中拼接岩石
黏合隐秘的出口
石头不说话的理由只有一个
就是把自己累积为海平面
隔开鱼和鸟的距离
盖住活生生的过往
让它们一亿年、一亿年地
长时间地偷欢

（2019年）

焊接太空的人

——致焊接特级技师高凤林

凸 凹

让大地升起，穿越天空，与太空焊接在一起
将人类的空间小念头，与美好的时间大远方
焊接在一起，是他蛰伏在车间班组里的
凌云志。他大约不会知道
有一个人，与他同年同月生，又在同一年
入职航天，而这个人所在的大三线
是他所在工厂的后方厂
我相信，这个世界，除了我，不会有第二人
能与这位焊接太空者产生如此机缘
我有一种戴着滤光镜朗诵长二捆的奇妙
现在，我要好好凭藉这份机缘，为他写首诗
并尽可能写得像他的焊缝一样，胜得了高处寒

（2019年）

黄金大院儿

张笃德

金属结构厂又叫黄金大院儿
院里横躺竖卧着铁板、钢梁
还有电机、龙门吊、金属罐……
破铜烂铁像无精打采的工人
风吹雨淋都生起了锈斑

在这里工作的人，除了老师傅
就是接父母班的学徒
更多的是下乡回城的知识青年

我高中毕业被分配到团委
他们都用黄金的目光看着我

后来我考进事业单位
大院里的人大多也都到外边淘金去了
只有刷绿油漆的铁皮大门
龇牙咧嘴。机器被荒草湮没
整个大院像一个废弃的货场

曾经的工人休息室

墙上挂着一只丝网烂掉的羽毛球拍儿
墙角有一个泄气的破篮球
吃饭的长方形木桌上
工人用锯条刻下的象棋盘还在
有两个乱了阵脚的卒子在楚河汉界喝水
有一个士，仍然在棋盘山支着

（2019年）

机器人

李　瑛

可怕的机器人时代
就要到来
可爱的机器人时代
就要到来

世界各大洲的人都在忙
忙着研制没有人的形体
却有各自国籍的机器人
用玻璃、塑料、水和合成金属
有脸有眼睛或没有的机器人
有胳膊有腿或没有的机器人

是男是女并不重要
肌肉透不透明、有没有个性并不重要
重要的是在它们的一呼一吸之间
体温是冰凉的或是温润的
它们有记忆和理想吗
它们懂得爱吗
它们计较自己的身份
是尊贵的或卑微的吗

它们热衷于欺骗、嫉妒和杀人吗
重要的是要有一颗强劲跳动的心脏
装着一颗美的灵魂
健康的思想
纯洁的泪和血
那是明天建设新世界的重要元素

朋友，准备好
一个可怕的机器人的时代
正在来临
一个可爱的机器人的时代
正在来临

（2019 年）

泸州记

谷 禾

雨声敲击玻璃，高低顿挫，
像透明的手指在弹奏。
扯开窗帘，看远天云雾缭绕，
苍翠山峦被雨水濯洗，绿意尽染。
近处的花树随风摇曳，从叶子边缘
滚落雨珠的大海。我能想见
才离去的春暮，花儿压枝
江水穿过城区，照出它们绚烂的影子。
微醺的麻雀从颠荡的江水上飞过，
空气也浸润在盛大的酒香里。
扯着雨披的工人脚步匆忙，换上工服，
进入车间，把精选的粮食埋入窖池，
接受时间的发酵，和蒸馏。
从水中热爱火焰的人，酒成为他的魂魄，
在平凡的日子里，迎送悲欢生死。
……这酒哦，我从杯子里凝视过它。
这酒哦，我用挑剔之舌品尝过它。
它以最小的一滴把男儿送上了疆场，
我还知道，征服一个人，最好的办法
就是给他一杯酒，而在酒到达的地方，

更多的人又站起来，如野草疯长，
——这就是生活伟大的悖论。
而这个早晨，一场突然的雨里，
世界在窗外缓缓移动，我听见麦子、
糯高粱和酒曲的细切喁语。
从巨大车间的内部，更多粮食相互簇拥着，
走上了通向涅槃成酒的大路。
这是涅槃后的永生，像雨水
砸向大地，生出五谷，
也生出入云的窖泥和琼浆玉液。

（2019年）

少年之惑

张常美

少年时候，我哪里都没有去过
以为别处的太阳
也是从黑山庄村升起来的
直到现在，我还是没有去过黑山庄
它就在西段景往东偏南十多里的山脚下
等拉矿的车把那座山完全搬走
我就回一次故乡。或者还得起个大早
去一趟黑山庄
把太阳栖身的窑洞看个究竟

（2019年）

诗人与树

张新泉

为傅天琳高兴
为像她一样的
蒋天琳王天琳张天琳高兴
也因此，为分行排列的诗歌高兴
为那些叫作诗人的人高兴

刚好是春天，草长莺飞
重庆某果园里的果树们
全都过节般兴奋
歇季的老树也容光焕发
果花明丽，香气醉人
它们的身上都佩着牌子
或悬挂于胸，或捧托在手
牌上的文字都是诗句
都和这座果园合辙押韵
写下这些诗句的人
在这里劳动了十九年
树们看见过她挥锄的样子
挑粪的样子，抹汗的样子
还记得她夜读时

那盏亮到午夜的油灯

后来这个女工走了
后来她成了编辑
成了名气不小的诗人
却始终在乎果园女工的身份
常常在心里与果树谈心
她说她的灵魂里不能没有树
当听见树枝折断的声音时
她痛惜一位果园老姐妹
被两万元买断了工龄……

为傅天琳高兴
有那么多读者一样的树
和她同花共果，相知相亲
假设在某一个月夜
一株年轻的柠檬或柑橘
清清嗓子，开始朗诵：
“我想我首先应该学会
珍藏一些，扔掉一些
甚至腐烂一些……”
她会不会和这棵树抱在一起
一任泪水打湿了眼睛

（2019年）

手　感

——致无线电装接高级技师潘玉华

凸　凹

脚在大地，手在航空航天。她的
军工绣娘声誉，是她的手感带来的
她的手感在她所在领域无人能及
CCGA 封装器材植柱工艺是什么意思呢
打个比喻，就是在一元硬币大小地盘
建 1144 幢房子。她说，要做到这个
必须练就一项本事，那就是
在一个盛满水的杯中
徒手放入 50 枚一元硬币，而水
一滴不溢。这就是她的手感，她的
比人类天空大一万倍、比自己的毛细血管
小一万倍的手感

（2019 年）

烃源岩

崔完生

远方在脚下，从未出去
密室在地下，封闭煮沸
新生的万物在天空游走
所有古老的，都叫作了石头
高高低低的断层间
沉积着不可窥视的宇、界、系、统
时光经过化合成为悄寂

曾经与正在探寻的
是陈年的土地、雨水、阳光
是广袤的圈栏、森林、牧场
是压缩的云朵，冶炼的石头
那是一个怎样的远古
不可揣度

干柴与烈火可以冰冻
也可以热熔
激情在没有宣泄或飞扬之前
已经同床共枕
旧景与新梦在母性的宫体二次受孕

这些传说已经被石头
收拢在有温度的怀中

看不见岩石的源
看不见源前面的烬
我们正在确定
烬的中央和四周有没有经过的事
有没有往来的人

（2019 年）

心理障碍

张笃德

厂里有个工程师
见到水龙头就去洗手
好像手上有什么脏东西
总也洗不净似的

有一次，我看他
在一个水坑前踌躇不前
像遇到无法跨越的障碍
僵持好久，他终于下定决心
呸。往手心吐口唾沫
再往后退三步
躬身，发力、向前
终于把水坑绕过去了

（2019年）

信条之 5

张执浩

被喜鹊吵醒的人也会被乌鸦吵醒
高压线上密密麻麻的鸟儿
有时会像一场骤雨
猛然洒向麦地
一个从外地打工回来的人
在公路旁下了车，踌躇着
远远望着位于山坳里的家
他先去屋后看了看菜地
又去门前看了看堰塘里的水
直到所有的活物都被惊动了
才喜忧参半地回到门口
大喊一声："我回来了！"

（2019 年）

幸福之歌

叶延滨

趁无人商店还没有扫荡这条大街
我幸福地向一个个小贩
抛送我真心的问候
恭喜发财、生意兴旺，此刻我发现
这些废话其实很人性很美

趁机器人配餐员还没有辞退厨师
我幸福地向服务员送上微笑
一盘土豆丝，一份东坡肉
为什么我的眼里含着泪水
因为明天我将被机器饲养

趁无人驾驶的车还没占领城市
我幸福地挤上今天的末班车
前胸贴后背，人心挨人心
在计算机和它部下统治世界之前
挤在一起肯定感到幸福

在所有时间被超级计算机变成利润
在所有心房都像计算机精于计算

在所有脸都变得像外星人之前
我幸福地用我的笑脸
迎接每一张迎面而来的脸！

我在晚霞消失之前的这二十分钟
幸福地写下一个幸福的人写的诗……

（2019 年）

嗅辨师语录

蒋立波

在老国企宾馆灰蒙蒙的早晨醒来。
铁锈味的鸟鸣，沿着废弃的轨道慢慢滑行，
像昨夜卡在我喉咙里的语录集体获释。
时间急于找到它的证人，像一个丧失嗅觉的嗅辨师
我试图在空气里捕捉到可疑的化学，
但除了我自己的灰发，显然没有获得更多的证词。
或许煤灰的惩戒仍在继续，水杉叶的针芒对质
香樟过于浓烈的芬芳。量杯里的试剂试图
在狭窄的分歧中发明一种五脏俱全的辩证法。
草木仍有经霜的蓬勃，胸腔里垂挂的肺叶如一只
没有落下的汽锤，悬停于超现实的迷雾。
高大的烟囱跑过来告诉我，心，不妨更灰一点。
因为即便心死了，灰仍然固执地活着，
如同意志的抓斗攥紧比焦炭更多的沮丧。如同
轴承停止了转动，但那些齿轮与螺母在梦中
仍然像情人的舌头在绞合、拧紧。
昨天我们还和一长排版画里的劳模合影，
木刻的记忆显然比现实更接近真实，就像隔着雾
你反而可以在人群中更快地找到沉默的替身。

在诗人们高声的谈论中，一枚枚住在身体里的
螺丝钉一声不吭，被拧进后工业的装置。
冰柜里的雪在加速消融，嗅辨师的鼻尖如鸟喙
凿开变暖的空气，嗅辨出逃逸的氟利昂。

（2019 年 10 月 27 日）

与机器人共进晚餐

喻　言

与他相对而坐
只在我面前铺上餐布
洁白的陶瓷圆盘上
一朵鱼肉拼成的鲜花
在薄雾缭绕中若隐若现
背景是古典乡村音乐
他面前一如既往
空空荡荡
盯着我手上忙碌的
银光闪烁的刀叉
他目光中有迷茫也有仰慕
这种古老的交流仪式
对于没有味蕾程序设置的他
本质上是一种折磨
而对于舌齿功能退化的我
则是一种挽救
座位上镶嵌着一片充电的金属装置
当他坐在上面
就以舒适的节奏开启能量补充
这个时代，人类依然坚持

通过嘴巴获取营养
机器人用屁股得到动力
这是人类与仿人类最大的区别
食物已高度浓缩
我们的肠胃正在萎缩
味蕾像梦幻一样一个个破灭
基因的顽强依然支撑我
定期请机器人共进晚餐
星球上濒临绝迹的餐厅
透过巨大的落地窗
看得见整个银河系
美丽的星云图神秘而深邃
我一边吃着充满象征意义的美食
一边滔滔不绝向他倾诉
人类天赋的权力
我非常清醒地认知
保住嘴巴就能保住人类的延续
只要嘴巴依然拥有吃饭
与自由的话语功能
我们就不会灭绝

（2019 年）

测尘工

马　飚

山峦，在高原之下，光芒
——如尘埃飞翔，这最小的土地
在荒原，也胸怀太阳神

有温情的涌动，有青草自由的气息

无数的土，在半空萌发
工人们雨点一样，赶赴荒山，那里红土
正等着被水点燃

顽石壮士一样，拉不尽
月亮白得不生病
——白鹭最慢，像没写完的书，空的纸在飞啊

管线，用意外创作一幕飓风

从火山取出氧化物，养仙女一样
浓艳的飘走——返回自己的分子式，药剂是好邮差

风，疾燃着，身材很小

流年不断涌来。
嗅觉爬上三角梅，红色阴凉般，能滤掉密度

班长年轻，反光镜让她涨潮
姓女王的王，名为求米草的米

大地和太阳，不在乎她在远处闲赋

（2020 年）

柴达木，勘探队的一个青年女工

马　行

柴达木
有时很大，有时很小

现在是下午
她坐着
一动不动

偶尔，她回过头
看一看我

然后，依旧手托下颌
眼含泪花
抬头望着天

唉，柴达木箍不住的灵魂，注定了她另有一个家
在天上

（2020 年）

地质工

马　飚

——生持五谷，逝有安处
像天空是万物的
——峰峦，隐身于黄草
声声不断的虎啸，贵金属一样闪耀

发现绝壁中的良种，对石英岩，仙女一样的沉迷
比一天的劳作，还要重
荒凉，是大地的赤诚
是上苍珍贵的花纹
安宁河送回流逝的烛火
把一切深渊填平，大水啊，在夜间行走

海枯为山，石烂入水
胸怀——能听见旷野在移动。星球的自转啊，由卑微的事物积聚
海拔似灯盏

用地质锤游走，访山拜水
氧化铁、生石灰在太阳下，如血、如雪，涤荡着世界
神圣一般，庸俗尽退下。

我却谎报数据，品位低、储量少
为一片野花
一座如佛的山头
或彩云与牛羊的混淆

大地奇崛处，我们靠善意通过
——山里每次如此，没有平常都是奇迹

观音桥外挂榜乡，时光完整，丘壑浪漫
——像一群返回人间的金红光芒

更多时候，地质锤，在还原为尘埃或狮吼

（2020年）

那闪耀于炼钢厂中的海

巴音博罗

那闪耀于炼钢厂中的海，也闪耀于
我们身上。我们骨盆的钟在敲响
我们火焰的舌头在吹奏，我们召集死亡
我们指认黑暗，我们也把子宫中的灯盏
一一点亮
我们是以红彤彤的钢水的喧腾来指引风的
而风来自青铜草原，来自海和海的远帆
那闪耀于炼钢厂中的海也闪耀于
年代的钟表盘上，狂妄的人打掉太阳
打开夜的酒瓶，我们啜饮那血
铁流的热血淹没大雁和鹰鹫的族群
土地平躺着母亲，丰收使母亲更荒凉
我什么也不想。我在每一块矿石下翻找
那泪珠，我也把啼哭的婴儿挂上月亮的臂弯
熔化的铁水会带着我向远方流淌
我像天空一样高高地隆起，如同空虚
如同铁，那纹丝不动的另一种黑暗
那闪耀于炼钢厂中的海，也闪耀于
我们古老的灵魂，闪耀于岩层深处

那矿脉的律动。我们能捣毁花岗岩的心脏
能吗？新鲜的风正擦亮今夜的星星……

（2020 年）

石榴红了

王二冬

东河西营的石榴红了，挂满湛蓝的
天空，与在此歇脚的快递小哥练习算数
最没出息的那一颗，塞在老母亲牙齿间
咧着嘴，露出酸甜的微笑
在秋日尽头，做着一件光荣的事情

村里人眼中多子多福的老母亲
也有自己的苦水——儿孙都有出息
却无一在身旁，分散于祖国三省
看到那些石榴子像亲密无间的兄弟
簇拥在母亲怀里，往日的情景就频频闪现

她不后悔年轻时因坚持不改嫁
遭受村里人的白眼和娘家人的嘲讽
孩子的优秀是她唯一的安慰
只是这思念太过熬人，土里的那个
已走了几十年，她不想离他太远

红色的快递小哥再次路过石榴树时
老母亲刚好数到“一百”

他摘下石榴的瞬间，想到自己的母亲
和母亲的乳房，他从一颗石榴里
看到饱满的乳汁从一个女人怀孕时流淌
直到生命干涸，有时是乳汁，更多时候是
汗水、无声的泪水，甚至是咽进肚子的血水

他把石榴装进纸箱，快递给即将湿冷的
南方、早已白雪皑皑的西藏和远嫁的海洋
免检的母爱更要包装结实、小心运送
若颠簸过重，老母亲会从梦中惊醒
因此要快些抵达，最好在明天天黑前

一个个快件就是一粒粒石榴子
用血浓于水的亲情写下饱含四季的家书
温暖远隔千山万水的思念和孤独
我们就这样挂满异乡的天空
在秋风中咧嘴笑着，笑得
深如母亲的皱纹，笑得失去力气
当她拖着佝偻的腰身朝我们走来时
最重的那一粒从眼角滑落，跪倒在母亲面前

（2020 年）

霜　降

田　力

一些霜
是从地下冒上来的，但它们
与天空掉下来的霜
混杂在一起
都，被叫作降落

它们
兵合一处将打一家
被人叫作
霜降

这像
我们四车间的人和他们六车间的人
共同去干
一个急活儿，都是戴着白色帽子
穿蓝领工装

分不清，是谁和谁
一起把那些变凉的铁板

抬到

另一个地方去

（2020年）

五八六采场

李文斌

铁山的最高海拔。铁的精神和灵魂
在这里可以坦白交出年轮、星辰、铁的指纹
可以和岁月互相忏悔

在风中，矽尘无序
百年铁山，永恒的喧嚣和孤独
那些传承的铁器和火种
打开铁山的高度和我的救赎

梦和金属在铁山既是远亲又是近邻
我只是一小块遗落在铁山的岩
拜五八六采场所赐
总会在高压线的轨迹上熄灭虚火和妄念

然后，抱紧那些吹过高压线的风
聆听钢铁一个世纪的鸣响，万物急促的回声
最终深陷以身试火的五八六采场

（2020年）

午夜时分的炼钢厂

巴音博罗

午夜时分的炼钢厂，一切都沉寂了
但有一样东西还活着
其他的都睡了，睡得实实在在
像厚重的无边无际的尘土，像梦
无论如何也挣脱不出的梦魇
呼噜，呓语，眼皮滞重的昏聩
一切都沉寂了，这午夜时分的厂区
却唯有一样东西活着，韧劲十足的
一样东西！活着，活着，拉动了风和呼吸
拉动大地由此向东倾斜
我不说也许你也会猜到，像路灯
偶尔眨一下眼睛。风推开一扇没关紧的门
窥见某张困顿、迷惑的脸，矿工的脸
和转炉的脸。他们把倦怠的歌谣断断续续
传唱。像马厩中的马
以铁铸的鼻音说话
就这样，黑暗中，总有一样东西独自活着
而钢铁厂的心跳，隐隐有力
那是海与大地的心跳，长河般的脉动
使这人世蒙羞

当岁月以青铜面容装扮历史
当历史由纸本回归那炽热铁水……

（2020 年）

要是大海能停止流淌

巴音博罗

要是大海能停止流淌
要是我们每个人都是一只鸟儿
我还会把炼钢厂形容成我的宫殿吗？
我的翅膀会切除今后每一个晦暗的日子
我的痛就要像那汽笛响彻云霄了
我的女人是重于熔炉的花朵

现在，我赞美那口吐白烟的烟囱
我要勇于生活，并为你歌唱
我在刚刚轧出的钢板中嗅到了咸腥的风

午后的车间已经变暗，荒草掩埋炉台
雪掩盖我们的颅顶。我听见幽暗大军
那悲伤的瑟瑟声。这炼钢厂的书籍里
有世上最高的高原——
有越来越宽的淹没，正慢慢靠近……

那是一个苍老的瞎子，将生活安置在这里
当海水把拍岸波涛引向太阳，像巨鲸

使我升向一个不知名的广阔空间
海水退尽的千年滩涂上，爱
像海马的头骨那么小、那么洁净
那么美丽……

（2020年）

坐在桉树林

苏仁聪

电锯，钢架结构上的黄色安全帽，焊锡
闷热但没有雨的下午，一点风吹动桉树林
有人在门口说话，高跟鞋碰撞地面
板块在你睡眠时运动
你梦见牙疼，高压水枪和漂浮的木头
棕熊，动物园的栅栏和美术馆的玻璃
那来自地底的声音穿透高原的中午
麻雀从黄昏的草堆起飞，留下它不会飞翔的孩子
你背着马草回到点煤油灯的家
那时没有电灯，父亲用墨水瓶制作灯
暗中的光，它曾指导你背诵古代诗歌
它跳跃的声音幽闭在暗室的墙柜，你一直想不起
它还剩多少煤油。有些声音你永远不会再听见
早晨林中鸟鸣并使你感到快乐
你去上学听见蛇在树梢咝咝，放学后你绕道回家
你跳进池塘，夏天突然结束
你坐在黄昏的故乡哭

（2020 年）

在华强北遇见未来

杨　克

此刻你我经过这里，像粒子
穿越中国这台巨大的加速器
华强北是它小小芯片

熠熠生辉的电子元件
云时代撩人心扉的钻石
镶嵌黄金地段

脱离重力一蹦突破大气层
高手纷纷抢占制高点
一览天下小
每一片玻璃
都是看世界的现代之窗
随手摘一颗星
高科技的黑莓新鲜欲滴

而未来的某一个时间轴
复活的冷冻人，与冷冻卵子孵化的男孩
于此相遇，谁是玄孙？谁是隔世的高祖？

猛犸象基因培育的胚胎
在硕大的人造子宫里复活
来到孩子们中间

引力波链接百亿光年星系
我与宇宙里无数个遥远的我
人机交流，而月亮的真相
想象力在唐朝就提前抵达

恍惚中，我们从十维空间
再度重临曾经的世界
戴上多 D 炫彩眼镜
我看见暗物质，周围如此精彩

人工智能美少女
蜜桃臀甩动一双飞毛腿
快过纯血马和猎豹

那个绝顶聪明的店员
肉体凡胎
他脑袋里的电极正翻阅秘籍

利用纳米对时空进行切割
童年的你，少年的你，青年的你
还有中年的你

多体的你我，往返
虚拟与现实的星际

（《诗刊》2021 年第 1 期）

附录　诗人简介

胡适（1891—1962），安徽绩溪人，字适之。著名诗人、作家、思想家，新文化运动代表人物。著有最早的白话诗集《尝试集》。

刘半农（1891—1934），江苏江阴人，原名寿彭，后名复，初字半侬，后改半农，晚号曲庵。中国新文化运动的先驱，文学家、语言学家、教育家。著有《扬鞭集》《瓦釜集》《半农杂文》等。

郭沫若（1892—1978），四川乐山沙湾人，原名郭开贞，著名诗人、作家、剧作家、历史学家、考古学家，著有《女神》《棠棣之花》《屈原》《虎符》《孔雀胆》《高渐离》《卓文君》《李白与杜甫》《甲骨文字研究》等。

刘华（1899—1925），四川宜宾人，原名刘炽荣，字剑华，中国早期工人运动的领袖。他同李立三、邓中夏、刘少奇一起组织了“五卅”运动，1925年12月17日刘华遭“秘密枪决，灭尸不宣”。

殷夫（1910—1931），浙江象山人，原名徐白、徐祖华，又名白莽，1927年考入上海同济大学，积极投身爱国运动。中国左翼作家联盟发起人之一，1931年被捕，为左联五烈士之一。1929年开始在《奔流》《列宁青年》等刊物发表诗作，著有诗集《孩儿塔》。

蒲风（1911—1942），广东梅县人，原名黄日华，常用笔名蒲风。致力于新诗歌运动，发起成立中国诗歌会，著有长篇叙事诗《六月流火》以及诗集《茫茫夜》《生活》《钢铁的歌唱》《摇篮歌》《抗战三部曲》《在我们的旗帜下》《真理的光泽》《取火者颂》等。

何其芳（1912—1977），重庆万州人，原名何永芳。诗人、散文家、文学评论家。著有《汉园集》（合著）、《画梦录》《预言》《夜歌》《诗歌欣赏》等。

马可（1918—1976），出生于徐州，著名音乐家，创作出《南泥湾》《咱们工人有力量》等大众耳熟能详的歌曲，还创作有歌剧《夫妻识字》《小二黑结婚》《血海深仇》。

邵燕祥（1933—2020），生于北京。1946年开始发表作品，著有诗集《到远方去》《在远方》《迟开的花》《邵燕祥抒情长诗集》《献给历史的情歌》等。

李季（1922—1980），原名李振鹏，河南唐河县祁仪镇人，代表作有长诗《王贵与李香香》《菊花石》《杨高传》。1952年冬天到玉门油矿深入生活，创作出长篇叙事诗《生活之歌》以及短诗集《玉门诗抄》《玉门诗抄二集》《致以石油工人的敬礼》，被誉为“石油诗人”。

傅仇（1928—1985），出生于自贡市荣县城区，1950年1月参军，1954年后长年在川西森林工作，被誉为“森林诗人”。著有《森林之歌》《雪山谣》《伐木者》《竹号》《伐木声声》《珠玛》《赤桦恋》等。

李学鳌（1933—1989），河北灵寿人，1947年参加工作，任晋察冀边区印钞厂工人。20世纪60年代代表性的工人诗人，著有诗集《印刷工

人之歌》《北京的春天》《北京晨曲》《太行炉火》《乡音集》《列车行》《凤凰村》等。

甘永柏（1915—1982），重庆万县人。1930 年开始发表作品，著有诗集《第一颗星》，长篇小说《暗流》，散文《涵泳集》，游记《访问罗马尼亚》等。

唐祈（1920—1990），原名唐克蕃，江苏苏州人，“九叶诗人”之一。毕业于西北联大文学院历史系。1938 年开始发表作品，著有《诗・第一册》《九叶集》（合集）、《八叶集》（合集）、《唐祈诗选（1938—1957）》。

闻捷（1923—1971），原名赵文节，曾用名巫之禄，江苏丹徒人。记者、作家。著有诗集《祖国！光辉的十月》《生活的赞歌》《天山牧歌》《河西走廊行》以及长诗《复仇的火焰》。

冯至（1905—1993），原名冯承植，涿州人，现代诗人、学者、翻译家。曾就读于柏林大学、海德堡大学，1935 年获得海德堡大学哲学博士学位。著有《昨日之歌》《北游及其他》《十四行集》《杜甫传》《山水》《伍子胥》《西郊集》《十年诗抄》《诗与遗产》《论歌德》等。

公刘（1927—2003），本名刘耿直，江西南昌人。早年参加中国人民解放军，随部队进军大西南。著有诗集《边地短歌》《神圣的岗位》《黎明的城》《在北方》《公刘诗选》《尹灵芝》《白花・红花》《离离原上草》《仙人掌》《骆驼》《大上海》《南船北马》等。

昌耀（1936—2000），本名王昌耀，湖南桃源人。1950 年 4 月投考第四野战军 114 师文工队，参加过朝鲜战争。1954 年 4 月开始发表作品，1955 年请赴大西北开发，后在青海文联任职。著有诗集《昌耀抒情诗集》《命运之书》《一个挑战的旅行者步行在上帝的沙盘》《昌耀的诗》《昌耀诗选》。

于德成（1933—），山东蓬莱人，曾任长春第一汽车制造厂工人。1958 年开始发表作品，著有诗集《车笛颂》。

孙友田（1937—），安徽萧县人，当代煤炭诗人。曾任江苏徐州贾汪煤矿技术员，著有诗集《煤海短歌》《矿山锣鼓》《煤城春早》《石炭歌》《金色的星》《矿山鸟声》《花雨江南》《带血的泥哨》《孙友田煤矿抒情诗选》《打开大自然绿色的课本》等。

李清联（1934—2019），又名马遵生，河南沁阳人。1951 年参加工作，曾任长春第一汽车厂热电站工人。1953 年开始发表作品，著有诗集《我们沸腾的工厂》《拖拉机开出了厂房》。

黄声孝（1918—1994），曾改名为黄声笑，湖北宜昌人。14 岁开始当码头搬运工人，曾任湖北宜昌港装卸一队支部书记、第四工会分会主席。1958 年开始发表作品，著有《黄声笑诗集》《歌声压住长江浪》、《站起来了的长江主人》（第一、二部）、《装卸工人现场鼓动快板》《挑山担海跟党走》等。

卞之琳（1910—2000），生

于江苏海门。“汉园三诗人”之一，诗人、翻译家，著有《三秋草》《鱼目集》《汉园集》（合集）《十年诗草》《翻一个浪头》《雕虫纪历》《人与诗：忆旧说新》等。

郭小川（1919—1976），原名郭恩大，出生在河北省丰宁县凤山镇。1948年到1954年，先后任冀察热辽《群众日报》副总编辑兼《大众日报》负责人，《天津日报》编辑部主任。1955年到1961年，任中国作协党组副书记、作协书记处书记兼秘书长、《诗刊》编委。著有诗集《雪与山谷》《两都颂》《将军三部曲》《甘蔗林——青纱帐》以及长诗《望星空》《一个和八个》《深深的山谷》《白雪的赞歌》等。

薛柱国（1936—1997），1957年部队转业到玉门石油文工团工作，1960年转到大庆油田任外线电工。由薛柱国作词、秦咏诚作曲、刘秉义演唱的歌曲《我为祖国献石油》从20世纪60年代诞生至今传唱不衰。

曲有源（1943—），吉林怀德人。1964年开始发表作品，著有诗集《爱的变奏曲》《曲有源白话诗选》，曾获鲁迅文学奖诗歌奖。

梁小斌（1954—），安徽合肥人，曾居北京，现居合肥。1972年开始诗歌创作，曾在合肥制药厂做工人，1984年被工厂除名后一直靠阶段性的打工为生。前后从事过车间操作工、绿化工、电台编辑、杂志编辑、计划生育宣传干部、广告公司策划等多种职业。2013年11月11日，梁小斌突然发病入院，脑梗造成颅内血栓面积较大，受视神经压迫双眼几乎失明。代表作《雪白的墙》《中国，我的钥匙丢了》《断裂》，著有《少女军鼓队》《独自成俑》《地主研究》《梁小斌如是说》《翻皮球》《地洞笔记》《在一条伟大河流的漩涡里》等。

张学梦（1940—），河北丰润人，1957年毕业于唐山第五中学，1958年开始在唐山市冶金矿山机器厂、唐山市劳动局生产服务队和机铁铸造厂当工人，做过木工、铸工、质检工等。1979年开始发表作品，参加《诗刊》社第一届“青春诗会”。著有诗集《现代化和我们自己》（获全国第二届优秀新诗集奖）、《人类诗篇》（合作）等。

顾城（1956—1993），原籍上海，生于北京。6岁开始诗歌写作，1969年跟随父亲顾工到山东东北农场。1974年回城，曾在长桥街道做木工、搬运工。1980年单位解散，居家待业。1988年赴新西兰，隐居激流岛，被称为“童话诗人”。著有诗集《白昼的月亮》《舒婷顾城抒情诗选》《北方的孤独者之歌》《铁铃》《黑眼睛》《城》《水银》《北岛顾城诗选》《顾城的诗》等，另与谢烨合著长篇自传体小说《英儿》。

舒婷（1952—），原名龚佩瑜，出生于福建厦门，朦胧诗代表诗人。1969年到闽西山区下乡插队，1972年返城当工人，先后在建筑公司、织布厂和灯泡厂做工。1979年开始发表诗歌作品，著有诗集《双桅船》《会唱歌的鸢尾花》《舒婷顾城抒情诗选》《始祖鸟》，散文集《心烟》《秋天的情绪》《硬骨凌霄》《露珠里的“诗想”》《真水无香》以及《舒婷文集》（3卷）等。诗歌《祖国啊，我亲爱的祖国》获1980年全国中青年优秀诗歌作品奖，诗集《双桅船》获全国首届新诗优秀诗集奖。

傅天琳（1946—），出生于四川资中县，1961 年重庆电力技术学习毕业后到市郊缙云山农场当果园工人至 1980 年。曾获鲁迅文学奖诗歌奖，著有诗集《绿色的音符》《红草莓》《柠檬叶子》等。

赵恺（1938—），山东兖州人。1950 年开始发表作品，著有诗集《我爱》《赵恺诗选》等。

王小龙（1954—），生于海南，长于上海。1968 年开始诗歌写作，1971 年进入工厂，当过搬运工。参与创办实验诗社和《实验诗刊》，著有诗集《男人也要生一次孩子》《每一首都是情歌》。

李小雨（1951—2015），出生于河北丰润。1969 年到河北农村插队落户，两年后参军，后毕业于北京大学中文系。著有诗集《雁翎歌》《东方之光》《红纱巾》《玫瑰谷》《李小雨自选诗》《声音的雕像》等。

筱敏（1955—），生于广州，1969 年初中肄业后进电信部门当工人，1973 年开始发表诗歌，参加《诗刊》社第二届“青春诗会”。著有诗集《米色花》《瓶中船》，散文集《捕蝶者》《成年礼》等。

于坚（1954—），四川资阳人，出生于昆明。幼时因病致弱听，14 岁辍学，当过铆工、电焊工、搬运工、农场工人、宣传干事等。20 岁开始写诗，25 岁发表作品。1984 年毕业于云南大学中文系。1985 年与韩东等人合办诗刊《他们》。1986 年发表成名作《尚义街六号》，1994 年长诗《零档案》被誉为当代汉语诗歌的一座“里程碑”。著有《诗六十首》《对一只乌鸦的命名》《于坚的诗》《便条集》《诗集与图像》《我述说你所见》《闪电》《棕皮手记》《人间笔记》《于坚集》《于坚文集》等。

刘波（1964—2017），湖南株洲人，14 岁考入武汉大学中文系，参加《诗刊》社第四届“青春诗会”，曾创办《青春诗报》。

伊甸（1953—），本名曹富强，浙江海宁人。1970 年进海宁化肥厂当工人，1978 年考入平湖师范学校。参加《诗刊》社第六届“青春诗会”，著有诗集《红帆船》《在生存的悬崖上》《石头・剪子・布》等。

默默（1964—），生于上海，1979 年开始诗歌创作，曾在钢铁厂、胶鞋厂工作，创办过《劳动界》，1984 年创立撒娇派，2001 年创办上海撒娇诗院，2008 年创办香格里拉撒娇诗院。作品已被译介至意大利、法国、荷兰、英国、瑞典、丹麦、美国、匈牙利、日本、印度、韩国、巴西等 20 多个国家。

欧阳江河（1956—），本名江河，出生于四川泸州。1979 年开始发表作品，参加《诗刊》社第七届“青春诗会”。著有诗集《透过词语的玻璃》《谁去谁留》《事物的眼泪》《黄山谷的豹》《手艺与注目礼》《如此博学的饥饿》《凤凰》《长诗集》，评论集《站在虚构这边》。

向以鲜（1963—），诗人、学者。1979 年考入西南师范大学，1983 年考入南开大学攻读中国古典文学硕士学位，现任四川大学历史文化学院教授。20世纪八九十年代与同人先后创立《红旗》《王朝》《象罔》等民间诗刊，著有诗集《我的孔子》等。

西川（1963—），本名刘军，生于江苏徐州，1981年考入北京大学英文系，毕业后到新华社《环球》杂志社工作，现任教于中央美术学院。著有《西川的诗》《大意如此》《中国的玫瑰》《虚构的家谱》《隐秘的汇合》《让蒙面人说话》《水渍》《深浅》《个人好恶》《蚊子志：西川诗选》《大河拐大弯》《小主意》《我和我——西川集1985—2012》《够一梦》《山水无名》《重新注册：西川译诗集》等。

第广龙（1963—），甘肃宁县人，1982年参加工作，现居西安。历任长庆油田井下作业处试油队钻工、采油二厂宣传科干事，《中国石油报》长庆记者站记者、副站长。参加《诗刊》社第九届“青春诗会”。著有诗集《第广龙石油诗选》《水边妹子》等。

张执浩（1965—），生于湖北荆门，毕业于华中师范大学历史系。曾在武汉音乐学院任教，《汉诗》主编，获得鲁迅文学奖诗歌奖。著有诗集《苦于赞美》《动物之心》《撞身取暖》《宽阔》等。

广子（1970—），出生于内蒙古鄂尔多斯，著有诗集《往事书》等。

庞培（1962—），原名王芳，出生于江苏江阴，1986年开始诗歌写作，曾做过造船厂的起重工以及电焊工、搬运工等，1993年南下打工。参加《诗刊》社第十四届“青春诗会”，著有《诗、散文、谈话……》《低语》《五种回忆》《乡村肖像》《黑暗中的晕眩》《旅馆》《帕米尔花》《少女像》《数行诗》《四分之三雨水》《谢阁兰中国书简》等。

邱华栋（1969—），出生于新疆昌吉，祖籍河南。诗人、小说家，著有诗集、小说集、散文随笔集、游记等一百多种单行本。多篇作品翻译成日文、韩文、英文、德文、意大利文、法文和越南文发表和出版。

谢湘南（1974—），出生于湖南耒阳一个乡村，中学毕业到深圳打工，现任职于媒体。曾做过建筑小工、搬运工、保安、推销员、编辑、记者等。1993年开始诗歌写作，1997年参加《诗刊》社第十四届“青春诗会”，著有诗集《零点的搬运工》《过敏史》《深圳时间：一个深圳诗人的成长轨迹》《谢湘南诗选》《深圳诗章》等。

陈亚平（1957—），生于成都，当代先锋诗人、学者，1987年开始诗歌创作。

张笃德（1964—），笔名竹马，生于抚顺。在《诗刊》《人民日报》《中国作家》《人民文学》等发表诗歌数百首，诗集《最后的工厂》荣获第十届辽宁文学奖。

陈超（1958—2014），祖籍河北鹿泉，生于太原。1975—1977年在石家庄拖拉机厂齿轮车间当工人，1978年春考入河北师范大学中文系。著有诗集《热爱，是的》《无端泪涌》《陈超诗歌快递：夜烤烟草》《陈超短诗选》。主编《以梦为马》《中国当代诗选》《最新先锋诗论选》。

雷平阳（1966—），诗人、散文家，生于云南昭通土城乡欧家营，1985年毕业于昭通师专中文系，现居昆明。著有诗集、散文集以及田野考察等二十余部，曾获鲁迅文学奖等诗歌奖。

老井（1968—），本名张克良，煤矿井下工人，在《诗刊》等发过多篇作品，著有诗集《地心的蛙鸣》《坐井观天》。

江一郎（1962—2018），本名江健，出生于浙江温岭，曾参加《诗刊》社第十六届“青春诗会”。著有诗集《风中的灯笼》《山地书》，《我本孤傲之人》入选“中国好诗”（第四季）。

杨克（1957—），广西人，中国诗歌学会会长。著有诗集《陌生的十字路口》《笨拙的手指》《杨克诗歌集》《有关与无关》《我说出了风的形状》《地球苹果的两半》《杨克诗选》，文集《杨克卷》，主编《中国新诗年鉴》等。

蓝蓝（1967—），本名胡兰兰，出生于烟台，高中毕业后进入酒厂工作。1980年发表处女作《我要歌唱》，1984年考入深圳大学中文系。著有诗集《含笑终生》《情歌》《内心生活》《睡梦睡梦》《诗篇》《蓝蓝诗选》《从这里，到这里》《一切的理由》《唱吧，悲伤》《世界的渡口》《身体里的峡谷》等。

郑小琼（1980—），出生于四川南充，毕业于南充卫校。2001年南下在东莞打工，参加《诗刊》社第二十一届“青春诗会”，现居广州。著有诗集《黄麻岭》《两个村庄》《人行天桥》《暗夜》《纯种植物》《散落在机台上的诗》《郑小琼诗选》《女工记》，作品译为法文诗集《产品叙事》、英文诗集《穿越星宿的针孔》《女工记》、越南语诗集《女工记》、印尼语诗集《女工记》等。

李木马（1967—），本名李志强，河北唐山丰南人。做养路工十一年，曾任《诗刊》社编辑，现为中国铁路作家协会秘书长、铁路书法家协会秘书长，参加《诗刊》社第十七届“青春诗会”。著有诗集《掌心的工地》《鹰背上的雪》《李大钊》《铿锵青藏》等。

邰筐（1971—），本名邰茂光，山东临沂古墩庄人，现居北京。曾做过几十个工种，14岁开始写诗，参加《诗刊》社第二十二届“青春诗会”。著有诗集《凌晨三点的歌谣》《徒步穿越半个城市》《时光的邮差》《去乌城》《白头翁》《祖国的菠菜地》《三个刀伏手》（合集）《我们柒》（合集）。

白庆国（1964—），河北新乐人，当过兵，养过鸡，种过蘑菇，烧过锅炉，扫过大街。诗集《微甜》入选“中国好诗”（第三季），曾获河北文艺振兴奖、第三届孙犁文学奖。

陈先发（1967—），生于安徽桐城。1989年毕业于复旦大学，主要著作有诗集《写碑之心》《九章》《陈先发诗选》，随笔集《黑池坝笔记》等二十余部。曾获鲁迅文学奖、华语文学传媒大奖。

十九届高研班学员，作品编入多个年度选本。

春诗会”。出版诗集《回旋》。

陈仓（1971—），陕西丹凤人，现居上海。诗人、小说家，现为《生活周刊》主编，曾参加《诗刊》社第二十八届“青春诗会”。主要作品有诗集《流浪无罪》《诗上海》《艾的门》。曾获第三届中国星星新诗奖、全国迎世博诗歌大赛一等奖、第三届中国红高粱诗歌奖。

王单单（1982—），本名王丹，生于云南昭通镇雄，参加《诗刊》社第二十八届“青春诗会”。出版诗集《山冈诗稿》《春山空》，散文集《借人间避雨》。获首届《人民文学》新人奖、2014《诗刊》年度青年诗人奖、2015华文青年诗人奖等。

许立志（1990—2014），广东揭阳人，高中毕业后开始打工，2011年到深圳富士康工作。秦晓宇在2015年为其编选诗集《新的一天》。

邹彩芹（1974—），笔名黑眼睛，现居辽宁大连。中国作家协会会员、中国电力作家协会会员、鲁迅文学院第

樊子（1967—），安徽寿县人，现居深圳。著有油印诗集《微雨》（1987），出版诗集《木质状态》《怀孕的纸》等。

郭金牛（1966—），“60后”，湖北浠水人，现居深圳龙华。有诗歌发表和获奖，著有诗集《纸上还乡》，作品译为英译合集《庞大的单数》。

姜涛（1970—），生于天津，先后毕业于清华大学、北京大学，现为北京大学中文系教授，著有诗集《鸟经》《洞中一日》等。

马行（1969—），生于山东，毕业于南京大学。参加《诗刊》社第十七届“青春诗会”，获中华铁人文学奖、中华宝石文学奖、山东省泰山文艺奖等。

微雨含烟（1974—），本名李维宇，一线电力工人。参加《诗刊》社第二十九届“青

张二棍（1982—），本名张常春，生于山西代县，18岁开始到山西大同217地质队工作。2010年开始诗歌写作，参加《诗刊》社第三十一届“青春诗会”。著有诗集《旷野》，《入林记》入选“中国好诗”（第四季）。

陈年喜（1970—），陕西商洛丹凤县人，多年的巷道爆破工人，现在贵州某企业做文案工作。作品见于《诗刊》《星星》《草堂》《天涯》《红岩》《散文》等刊，出版诗集《炸裂志》。

张新泉（1941—），四川富顺人，现居成都。初中肄业后当工人二十年，现为成都文学院特邀作家，曾获首届鲁迅文学奖。著有诗集《野水》《好刀》《人生在世》《鸟落民间》《事到如今》《张新泉的诗》等。

剑男（1966—），湖北通城人，毕业于华中师范大学中文系。著有诗集《激愤人生》

《散页与断章》《剑男诗选》《星空和青瓦》。

田力(1962—)，辽宁鞍山人。做过有轨电车售票员、炼钢厂工人、大楼门卫。工龄36年。中国作协会员。有诗集一本《留在工厂的指纹》。

黑马(1977—)，本名马亭华，生于江苏沛县，中国作家协会会员。出版诗集《苏北记》《乡土辞典》等8部。曾获第六届、第七届全国煤矿文学乌金奖、第五届、第六届宝石文学奖、第二届中国·曹植诗歌奖。

宁肯（1986—），山西省作家协会会员，中国电力作家协会会员，鲁迅文学院首届电力作家高研班学员。现供职于国网山西省电力公司。

龙小龙（1970—），四川南充人，暂居乐山，“70后”。出版诗集《诗意的行走》、散文诗集《自然的倾诉》。

吴乙一（1978—），原名吴伟华，广东梅州人，电力工人。出版诗集《无法隐瞒》《不再重来》，曾获华文青年诗人奖。

蒲素平(1969—)，笔名阿平，河北隆尧人。现供职于国网河北检修公司。作品见《诗刊》《文艺报》等，著有《一个人的工地》《大风吹动的钢铁》等多部，曾获孙犁文学奖、贾大山文学奖等。

刘年（1974—），生于湖南永顺。永顺一中毕业后考入湖南省建材工业学校读机械制造专业。曾在佛山高明明城水泥厂做过3年的机械维修工。1997年返乡后曾做过各种小贩，卖木柴、卖棉花、卖谷种、卖烟叶、卖药材等，现为吉首大学张家界学院教师。参加《诗刊》社第二十九届“青春诗会”。著有诗集《楚歌》《为何生命苍凉如水》《行吟者》，散文集《独坐菩萨岩》。

扎西才让（1972—），藏族，生于甘肃甘南，1994年毕业于西北师范大学中文系。著有诗集《七扇门》《大夏河畔》《当爱情化为清晨》《桑多镇》，曾获全国少数民族文学创作骏马奖。

阿剑（1976—），“70后”，浙江衢州人，中国化工作协会员。曾获中国徐霞客游记文学奖、浙江散文学会“西湖记忆”奖、《诗歌月刊》“铜铃山杯”全国诗歌大赛等奖项，出版诗合集《无见地》。

东篱（1966—），本名张玉成，河北丰南人，现居唐山，任职于开滦集团。曾获第五届、第七届全国煤矿文学乌金奖、阳光文学奖、滇池文学奖、《芳草》汉语诗歌双年十佳等。主编《凤凰》，著有诗集《从午后抵达》《秘密之城》等。

苏仁聪（1993—），云南镇雄人。作品见《诗刊》《扬子江》《星星》《滇池》等刊。曾获野草文学奖、樱花诗歌奖、闻捷诗歌奖等。

崔完生（1969—），现工作于延长油田，鲁迅文学院第31届中青年作家高研班（诗歌班）学员。著有诗集《挚爱者》《信天游的大地》等作品多部。

王二冬（1990—），山东无棣人，现居北京。快递行业从业者。参加《诗刊》社第三十六届“青春诗会”。著有诗集《东河西营》。

凸凹（1962—），本名魏平，生于都江堰。诗人、小说家、编剧。1998年入中国作协，1999年参加《诗刊》社第十五届“青春诗会”。现为四川省诗歌学会副会长、成都市作家协会副主席、《草堂》诗刊编委。著书20余部。2018年被评为中国“名人堂·年度十大诗人”，2019年被评为中国“名人堂·年度十大作家”。

李瑛（1926—2019），河北丰润人，毕业于北京大学中文系。曾任解放军总政文化部部长、中国作家协会主席团委员、中国文艺界联合会副主席等职。出版五十多种诗集，《我骄傲，我是一棵树》获首届全国诗集评选一等奖，诗集《生命是一片叶子》获首届鲁迅文学奖诗歌奖，《我的中国》获全国优秀图书奖。

谷禾（1967—），本名周连国，生于淮河平原。20世纪90年代初开始写诗并发表作品，著有诗集《飘雪的阳光》《大海不这么想》《鲜花宁静》《坐一辆拖拉机去耶路撒冷》《北运河书》《落在身上的雪》和小说集《爱到尽头》等多种，部分作品被译成英、韩、西班牙等语种。

张常美（1982—），山西代县人，地质队工人。有诗歌发表于《诗刊》《长江文艺》《扬子江诗刊》，获得第十七届华文青年诗人奖，诗集《不惑的绳结》入选“中国好诗”（第六季）。

叶延滨（1948—），出生于哈尔滨，曾获中国作家协会优秀中青年诗人诗歌奖（1979—1980）、第三届中国新诗集奖（1985—1986）等，出版多语种诗集几十种。

蒋立波（1967—），又名陈家农，浙江嵊州人。曾获“柔刚诗歌奖”主奖（2015）、“突围年度诗人奖”（2019）、黎巴嫩国际文学奖（2020）等奖项。辑有诗集《折叠的月亮》（1992）、《辅音钥匙》（2015）、《帝国茶楼》（2017）、《迷雾与索引》（2020）。诗作被译成英文、法文、希腊文、西班牙文等文字。现居杭州远郊。

喻言（1967—），出生于重庆，1986年开始诗歌写作，著有诗集《批评与自我批评》。

马飚（1967—），攀钢员工，著有诗集《太阳铁》。

巴音博罗（1965—），满族，当代著名诗人、画家。至今发表文学作品400万字，著有诗集《悲怆四重奏》《龙的纪年》，油画散文合集《艺术是历史的乡愁》。

李文斌（1970—），出生于辽宁本溪，工作于本溪市南芬区本钢矿业设备修造厂党群工作室。出版诗歌合集《七人合唱团》。

编者　霍俊明

河北丰润人，研究员、博士后，现任《诗刊》副主编、中国作协诗歌委员会委员、中国现代文学馆首届客座研究员、首都师范大学中国诗歌研究中心兼职研究员。著有《转世的桃花：陈超评传》等专著、译著、诗集、散文集、批评集十余部。在《文学评论》等核心期刊发表论文数百篇。曾获国家哲学社会科学优秀成果、北京市哲学社会科学优秀成果一等奖、河北文艺振兴奖。参加剑桥大学徐志摩国际诗歌节、黑山共和国拉特科维奇国际诗歌之夜、青海湖国际诗歌节等活动。

图书在版编目（CIP）数据

先锋：百年工人诗歌 / 霍俊明编. -- 北京 : 中国工人出版社，2021.7
ISBN 978-7-5008-7672-4

Ⅰ. ①先… Ⅱ. ①霍… Ⅲ. ①诗集－中国－现代 ②诗集－中国－当代
Ⅳ. ①I226

中国版本图书馆CIP数据核字（2021）第105925号

新时代工业文学（职工文学）出版资助项目

装帧设计 小众书坊 Poetic Books

先锋：百年工人诗歌

出 版 人 董 宽
选题策划 董 宽
责任编辑 董 虹
责任印制 黄 丽
出版发行 中国工人出版社
地　　址 北京市东城区鼓楼外大街45号　邮编：100120
网　　址 http://www.wp-china.com
电　　话 （010）62005043（总编室）（010）62005039（印制管理中心）
（010）62001780（万川文化项目组）
发行热线 （010）62383056　82029051
经　　销 各地书店
印　　刷 三河市东方印刷有限公司
开　　本 710毫米×1000毫米　1/16
印　　张 28.25
字　　数 280千字
版　　次 2021年7月第1版　2023年8月第2次印刷
定　　价 108.00元